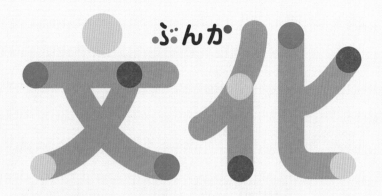

文化 初級日本語 1

改訂版

文化外国語専門学校
BUNKA INSTITUTE OF LANGUAGE

大新書局　印行

はじめに

　『文化初級日本語1 改訂版』から『文化初級日本語4 改訂版』は、初めて日本語を学ぶ人のためのテキストで、1987年に出版された『文化初級日本語Ⅰ』『文化初級日本語Ⅱ』、その改訂版の『新文化初級日本語Ⅰ』『新文化初級日本語Ⅱ』の特長を生かしつつ、より効果的に楽しく日本語が学習できることを目指して作成しました。

　このテキストが目標としているのは、学習者が日々の生活の中で自分の言いたいことを相手に伝えたり、相手が伝えたいことを理解したりする力を養うことです。作成にあたっては、初級の学習者にとって必要な日本語は何かということを念頭に置いて、学習項目を選定し直し、その提出順序を見直しました。また、学習した日本語が実際の生活の中で使えるようになることを目指して、本文、文型の例文、練習を作成しました。さらに、本文については、日本語を学ぶ留学生が教室から日本の社会へと活動範囲を広げていくというストーリー展開の中で、日本で生活する上で必要な知識も楽しく学べるように工夫しました。

　本書の出版に際しては、学内外の多くの方々からご協力をいただきました。特に、試作版を使用してくださった先生及び学生の皆さんに、この場を借りて心よりお礼を申し上げます。今後多くの方々にこのテキストを使っていただき、ご意見をいただけましたら幸いです。

　２０１３年８月

国　頭　美　紀
白　岩　麻　奈
八　田　浩　野
平　川　奈津子
広　田　周　子

1. 対象者と目標

　このテキストは、将来日本の大学や専門学校などに進学することを希望し、初めて日本語を学ぶ学習者を対象として作成しました。進学を希望する学習者の場合、初級の日本語学習では、将来高等教育を受ける際に必要となる応用力を積み上げるための基礎力をつけることが求められます。そのため作成にあたっては、文法を正確に理解する力、相手が言いたいことを理解する力、自分が伝えたいことを積極的に表現する力を身につけることを目標としました。

2. 特徴

　このテキストは媒介語を使用していないため、新しく学習する文型が使われる場面や状況の理解の手助けとなるよう、イラストを多く掲載しました。

　各課の本文では、学習者が日本で生活する中で遭遇するであろう場面を取り上げ、学習者に身近な内容でストーリーを構成しています。各文型を理解するための例文は、実際の発話に結び付けられるように自然な会話や文を提示しました。また、練習は、文型の定着を目的とした代入練習に加え、学習者が自らのことを話す練習も盛り込みました。

3. 構成

それぞれの課は  から成っています。

単語は、各課で新しく出た単語を集め、アクセントと中国語の翻訳を付けたものです。

本文は、学習者に関連のある場面を取り上げ、その中で文型を提示したものです。主に会話文ですが、作文や日記などもあります。本文の扱い方は課によって異なり、モデル会話やモデル作文として扱うことを意図したものや、理解中心のものもあります。

その課で学習する新出文型を提示し、実際の発話に結び付けられるような例文を挙げたものです。新しい活用などは、必要に応じて活用表や図で示しました。

・練習

　文型の意味や使い方の確認としての代入練習と、その応用としての「☆友達と話しましょう」、さらに「友達と話そう」（『文化初級日本語Ⅱ テキスト 改訂版』）があります。学習者が文型の意味を十分理解し、自分の表現として定着させること、また、クラスメートの話を興味を持って聞き、理解し合うことも目指しています。

・練習問題

　学習した全ての文型に対応した問題が、各課の文型の順に提出されています。

4. その他

・50 音索引
　「生活の言葉」から第 9 課までの各課ごとの新出語の一覧です。50 音順に並べ、初出の課を記しました。

・漢字
　基本的に常用漢字を使用していますが、ひらがなが使われることが多い語句に関してはひらがなで表記しました。また、学習者の負担を軽くするために、漢字にふりがなをつけました。

・関連出版物
　『文化初級日本語 2 改訂版』
　『文化初級日本語 3 改訂版』
　『文化初級日本語 4 改訂版』

目次
もくじ

主な登場人物
おも とうじょうじんぶつ

日本語学校の留学生
にほんごがっこう りゅうがくせい

ラフル・チャダ

（インド）

*チンと同じ学生会館
おな がくせいかいかん

チン・コウリョウ

（台湾）
たいわん

*ラフルと同じ学生会館
おな がくせいかいかん

マリー・マルタン

（カナダ）

ワン・シューミン

（シンガポール）

リー・ミン

（中国）
ちゅうごく

キム・ヨンス

（韓国）
かんこく

アルン・アマラポーン

（タイの留学生）
りゅうがくせい

*ワンの友達
ともだち

萩原先生
はぎわらせんせい

西田先生
にしだせんせい

*日本語学校の先生
にほんごがっこう せんせい

佐藤 武
（さとう たけし）
（会社員）
（かいしゃいん）

吉田 良子
（よしだ よしこ）
（大学生）
（だいがくせい）

原 京子
（はら きょうこ）
（音楽大学の学生）
（おんがくだいがく がくせい）
＊吉田良子の友達
（よしだよしこ ともだち）
＊ワンと同じ学生会館
（おな がくせいかいかん）

鈴木 一郎
（すずき いちろう）
（会社員）
（かいしゃいん）

鈴木 幸子
（すずき さちこ）
（会社員）
（かいしゃいん）

鈴木 健志
（すずき けんじ）
＊一郎と幸子の子供
（いちろう さちこ こども）

鈴木 伸
（すずき しん）
＊一郎と幸子の子供
（いちろう さちこ こども）

日本語の発音
にほんご　はつおん

1. 清音
せい　おん

ローマ字	ひらがな	カタカナ	ローマ字	ひらがな	カタカナ	ローマ字	ひらがな	カタカナ	ローマ字	ひらがな	カタカナ
a	あ	ア	ka	か	カ	sa	さ	サ	ta	た	タ
i	い	イ	ki	き	キ	shi	し	シ	chi	ち	チ
u	う	ウ	ku	く	ク	su	す	ス	tsu	つ	ツ
e	え	エ	ke	け	ケ	se	せ	セ	te	て	テ
o	お	オ	ko	こ	コ	so	そ	ソ	to	と	ト
na	な	ナ	ha	は	ハ	ma	ま	マ	ya	や	ヤ
ni	に	ニ	hi	ひ	ヒ	mi	み	ミ	i	〔い〕	〔イ〕
nu	ぬ	ヌ	fu	ふ	フ	mu	む	ム	yu	ゆ	ユ
ne	ね	ネ	he	へ	ヘ	me	め	メ	e	〔え〕	〔エ〕
no	の	ノ	ho	ほ	ホ	mo	も	モ	yo	よ	ヨ
ra	ら	ラ	wa	わ	ワ	n	ん	ン			
ri	り	リ	i	(ゐ)	(ヰ)						
ru	る	ル	u	〔う〕	〔ウ〕						
re	れ	レ	e	(ゑ)	(ヱ)						
ro	ろ	ロ	o	を	ヲ						

〔註〕 ゐ（＝い）　ゑ（＝え）
ヰ（＝イ）　ヱ（＝エ）

2. 濁音・半濁音（だくおん・はんだくおん）

ローマ字	ひらがな	カタカナ	ローマ字	ひらがな	カタカナ	ローマ字	ひらがな	カタカナ	ローマ字	ひらがな	カタカナ	ローマ字	ひらがな	カタカナ
ga	が	ガ	za	ざ	ザ	da	だ	ダ	ba	ば	バ	pa	ぱ	パ
gi	ぎ	ギ	ji	じ	ジ	ji	ぢ	ヂ	bi	び	ビ	pi	ぴ	ピ
gu	ぐ	グ	zu	ず	ズ	zu	づ	ヅ	bu	ぶ	ブ	pu	ぷ	プ
ge	げ	ゲ	ze	ぜ	ゼ	de	で	デ	be	べ	ベ	pe	ぺ	ペ
go	ご	ゴ	zo	ぞ	ゾ	do	ど	ド	bo	ぼ	ボ	po	ぽ	ポ

3. 拗音（ようおん）

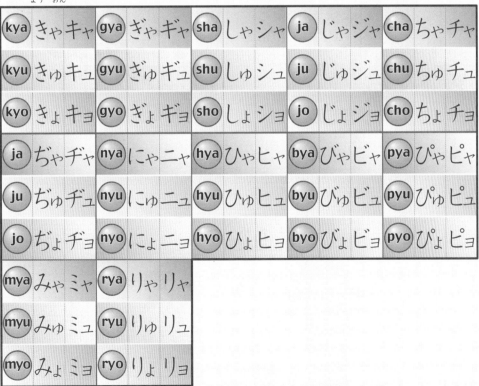

kya	きゃ	キャ	gya	ぎゃ	ギャ	sha	しゃ	シャ	ja	じゃ	ジャ	cha	ちゃ	チャ
kyu	きゅ	キュ	gyu	ぎゅ	ギュ	shu	しゅ	シュ	ju	じゅ	ジュ	chu	ちゅ	チュ
kyo	きょ	キョ	gyo	ぎょ	ギョ	sho	しょ	ショ	jo	じょ	ジョ	cho	ちょ	チョ
ja	ぢゃ	ヂャ	nya	にゃ	ニャ	hya	ひゃ	ヒャ	bya	びゃ	ビャ	pya	ぴゃ	ピャ
ju	ぢゅ	ヂュ	nyu	にゅ	ニュ	hyu	ひゅ	ヒュ	byu	びゅ	ビュ	pyu	ぴゅ	ピュ
jo	ぢょ	ヂョ	nyo	にょ	ニョ	hyo	ひょ	ヒョ	byo	びょ	ビョ	pyo	ぴょ	ピョ
mya	みゃ	ミャ	rya	りゃ	リャ									
myu	みゅ	ミュ	ryu	りゅ	リュ									
myo	みょ	ミョ	ryo	りょ	リョ									

・聞いてください。
き

・読んでください。
よ

・見てください。
み

・書いてください。
か

・言ってください。
い

・もう一度言ってください。

・A：見えますか。
・B：はい。

・A：聞こえますか。
・B：いいえ。

生活の言葉
せいかつ　ことば

単語
たんご

1.	ハンバーガー		漢堡
2.	いくら		多少錢
3.	（ひゃく）えん	（１００）円	100日圓
4.	コーヒー		咖啡
5.	サンドイッチ		三明治
6.	べんとう／おべんとう	（お）弁当	便當，飯盒
7.	アイスクリーム		冰淇淋
8.	カレー		咖哩
9.	スパゲッティ		義大利麵
10.	ラーメン		拉麵
11.	サラダ		沙拉
12.	うどん		烏龍麵
13.	そば		蕎麥麵
14.	ていしょく	定食	定食，套餐
15.	こうちゃ	紅茶	紅茶
16.	ぎゅうにゅう	牛乳	牛奶
17.	ミルク		牛奶
18.	コーラ		可樂
19.	ジュース		果汁
20.	みず	水	水
21.	いま（、何時ですか。）	今	現在（幾點呢？）
22.	なん（時）	何（時）	什麼，幾（點）
23.	（いち）じ	（１）時	(1)點
24.	（ご）ふん	（５）分	(5)分
25.	（いちじ）はん	（１時）半	(1點)半
26.	（いち）がつ	（１）月	(1)月

14

27. （じゅういち）にち	（｜｜）日	（十一）日
28. げつようび	月曜日	星期一
29. かようび	火曜日	星期二
30. すいようび	水曜日	星期三
31. もくようび	木曜日	星期四
32. きんようび	金曜日	星期五
33. どようび	土曜日	星期六
34. にちようび	日曜日	星期日

【 いろいろな表現 】

1. おはようございます。	早安。
2. こんにちは。	你好。／午安。
3. こんばんは。	晚安。
4. さようなら。	再見。
5. すみません。	不好意思。／對不起。
6. いいえ。	不，不是。
7. どうぞ。	請。／給你。
8. ありがとうございます。	謝謝您。
9. 失礼します。	對不起。／打擾了。
10. いくらですか。	多少錢？
11. （コーヒーを）ください。	請給我（咖啡）。
12. すみません、（今、何時ですか。）	請問，（現在幾點呢？）

1. あいさつ
挨 拶

三鷹駅

おはようございます。

おはようございます。
ha

今日は(どうですか)？

こんにちは。
wa

こんにちは。

今日

こんばんは。

こんばんは。

さようなら。

さようなら。

じゃ また ね
じゃ ね ｝ 再見
また ね

ごめんなさい

2. 数
かず

0 ゼロ／れい

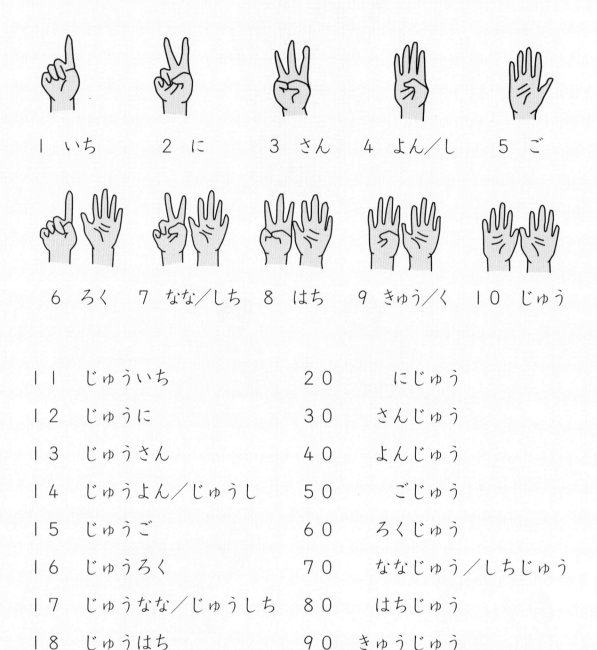

1 いち　　2 に　　3 さん　　4 よん／し　　5 ご

6 ろく　7 なな／しち　8 はち　9 きゅう／く　10 じゅう

11	じゅういち	20	にじゅう
12	じゅうに	30	さんじゅう
13	じゅうさん	40	よんじゅう
14	じゅうよん／じゅうし	50	ごじゅう
15	じゅうご	60	ろくじゅう
16	じゅうろく	70	ななじゅう／しちじゅう
17	じゅうなな／じゅうしち	80	はちじゅう
18	じゅうはち	90	きゅうじゅう
19	じゅうきゅう／じゅうく		

１００	ひゃく	１，０００	せん／いっせん
２００	にひゃく	２，０００	にせん
３００	さんびゃく	３，０００	さんぜん
４００	よんひゃく	４，０００	よんせん
５００	ごひゃく	５，０００	ごせん
６００	ろっぴゃく	６，０００	ろくせん
７００	ななひゃく	７，０００	ななせん
８００	はっぴゃく	８，０００	はっせん
９００	きゅうひゃく	９，０００	きゅうせん
		１０，０００	いちまん

参考
さん こう

１２５		ひゃく	にじゅうご
３，５６２	さんぜん	ごひゃく	ろくじゅうに
１８，７１３ いちまん	はっせん	ななひゃく	じゅうさん

3. 買い物
（か　もの）

A：ハンバーガーはいくらですか。

B：２００円です。
（に　ひゃく　えん）

A：ハンバーガーとコーヒーを
　　ください。

B：はい。

A：いくらですか。

B：３５０円です。
（さんびゃく　ご　じゅう　えん）

ハンバーガー

サンドイッチ

お弁当
（べんとう）

アイスクリーム

カレー

スパゲッティ

ラーメン

サラダ

うどん

そば

定食
（ていしょく）

コーヒー

紅茶
（こうちゃ）

牛乳（ミルク）
（ぎゅうにゅう）

コーラ

ジュース

水
（みず）

● 日本のお金
　にほん　　かね

１円　　　　　５円　　　　　１０円　　　　　５０円
いちえん　　　ごえん　　　　じゅうえん　　　ごじゅうえん

１００円　　　　　　　　　　　　５００円
ひゃくえん　　　　　　　　　　　ごひゃくえん

１，０００円　　　　　　　　　　５，０００円
せんえん　　　　　　　　　　　　ごせんえん

１０，０００円
いちまんえん

いくらですか。

21

4. 時間／～月／～日／曜日
じかん がつ にち ようび

● 時間
じかん

A：すみません、今、何時ですか。
いま なんじ
B：4時45分です。
よ じ よんじゅう ご ふん
A：ありがとうございます。

いちじ　　　　にじ　　　　さんじ　　　　よじ

ごじ　　　　ろくじ　　　　しちじ　　　　はちじ

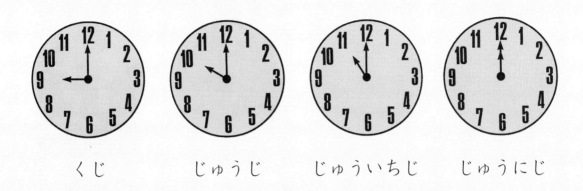

くじ　　　　じゅうじ　　　じゅういちじ　　　じゅうにじ

はちじ　はん　　（何時　なんじ）

1:05	いちじ　　　　ごふん	1:10	いちじ　　じっぷん
1:15	いちじ　じゅうごふん	1:20	いちじ　にじっぷん
1:25	いちじ　にじゅうごふん	1:30	いちじ　さんじっぷん／いちじ　はん
1:35	いちじ　さんじゅうごふん	1:40	いちじ　よんじっぷん
1:45	いちじ　よんじゅうごふん	1:50	いちじ　　ごじっぷん
1:55	いちじ　　ごじゅうごふん		

● ～月
　　　　　がつ

1月　　　　　いちがつ
2月　　　　　にがつ
3月　　　　　さんがつ
4月　　　　　しがつ
5月　　　　　ごがつ
6月　　　　　ろくがつ
7月　　　　　しちがつ
8月　　　　　はちがつ
9月　　　　　くがつ
10月　　　　　じゅうがつ
11月　　　　　じゅういちがつ
12月　　　　　じゅうにがつ
（何月　　　　　なんがつ）

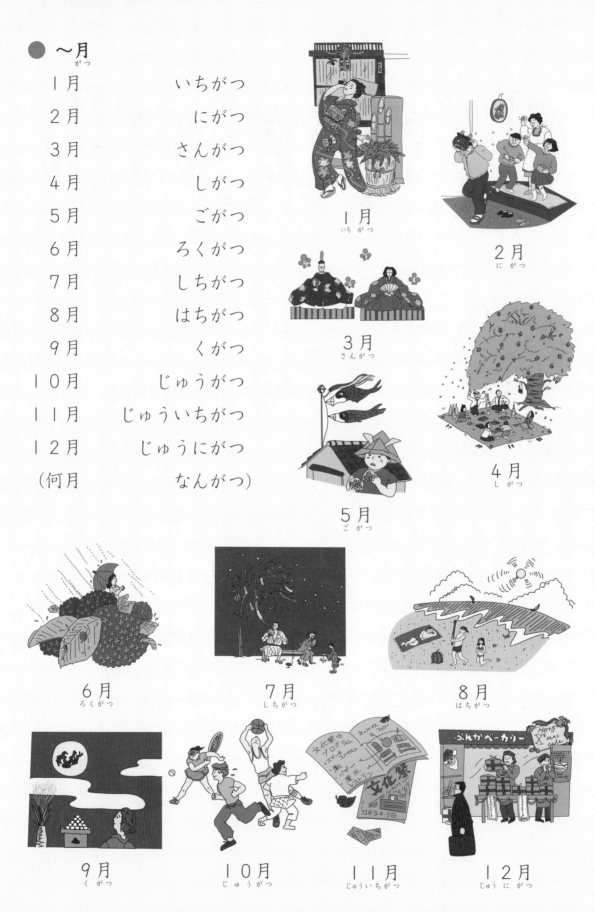

1月
いちがつ

2月
にがつ

3月
さんがつ

4月
しがつ

5月
ごがつ

6月
ろくがつ

7月
しちがつ

8月
はちがつ

9月
くがつ

10月
じゅうがつ

11月
じゅういちがつ

12月
じゅうにがつ

● 〜日
_{にち}

1日	ついたち	11日	じゅういちにち
2日	ふつか	14日	じゅうよっか
3日	みっか	19日	じゅうくにち
4日	よっか	20日	はつか
5日	いつか	24日	にじゅうよっか
6日	むいか	29日	にじゅうくにち
7日	なのか	（何日	なんにち）
8日	ようか		
9日	ここのか		
10日	とおか		

● 曜日
_{ようび}

月曜日	げつようび
火曜日	かようび
水曜日	すいようび
木曜日	もくようび
金曜日	きんようび
土曜日	どようび
日曜日	にちようび
（何曜日	なんようび）

練習問題

① 正しいものに○をつけなさい。
　ただ

 例　a.　ハンバーガー
　　　b.　ヘンベッガー
　　　c.　ハンバーガ

1.
　a.　うろん
　b.　うどん
　c.　うどうん

2.
　a.　てしょうく
　b.　ていしょく
　c.　てえしょく

3.
　a.　こうちゃ
　b.　こちゃあ
　c.　こっちゃ

4.
　a.　そば
　b.　そうば
　c.　そおば

5.
　a.　ぎゅうにゅう
　b.　ぎゅーにゅー
　c.　ぎゅうにゅう

6.
　a.　サントイチ
　b.　サッドイッチ
　c.　サンドイッチ

7.
　a.　コーヒ
　b.　コオヒー
　c.　コーヒー

8.
　a.　アイスクリム
　b.　アーイスクーリム
　c.　アイスクリーム

9.
　a.　サラダ
　b.　サーラダ
　c.　サダーダ

10.
　a.　コーラ
　b.　コオラア
　c.　コーダー

II 例のように書きなさい。
れい　　　　　か

 　ごじ

1．よじよんじゅうごふん

2．はちじはん

3．いちじごじゅうごふん

4．くじじっぷん

5．じゅういちじ

Ⅲ 正しいものに○をつけなさい。
<small>ただ</small>

例
1月　　　a. いつ
　　　　 ⓑ いち ｝がつ
　　　　 c. い

1. 2月　　a. に
　　　　　b. にい ｝がつ
　　　　　c. にっ

2. 3月　　a. きん
　　　　　b. さっ ｝がつ
　　　　　c. さん

3. 4月　　a. し
　　　　　b. よん ｝がつ
　　　　　c. よ

4. 5月　　a. ごう
　　　　　b. ご ｝がつ
　　　　　c. こ

5. 6月　　a. ろっ
　　　　　b. むい ｝がつ
　　　　　c. ろく

6. 7月　　a. な
　　　　　b. しち ｝がつ
　　　　　c. ちし

7. 8月　　a. はち
　　　　　b. はっ ｝がつ
　　　　　c. ほち

8. 9月　　a. く
　　　　　b. きゅう ｝がつ
　　　　　c. くう

9. 10月　　a. じっ
　　　　　 b. じゅ ｝がつ
　　　　　 c. じゅう

10. 11月　　a. じゅういち
　　　　　　b. じゅいち ｝がつ
　　　　　　c. じっいじ

11. 12月　　a. じゅっに
　　　　　　b. じゆうに ｝がつ
　　　　　　c. じゅうに

Ⅳ 正しいものに○をつけなさい。
　ただ

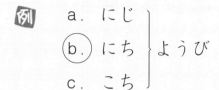

例
a．にじ
（b.）にち ⎫ ようび
c．こち

1．
a．げっ
b．けつ ⎫ ようび
c．げつ

2．
a．が
b．か ⎫ ようび
c．かい

3．
a．すい
b．す ⎫ ようび
c．すう

4．
a．まく
b．もぐ ⎫ ようび
c．もく

5．
a．きん
b．ぎん ⎫ ようび
c．さん

6．
a．どう
b．とう ⎫ ようび
c．ど

私はワン・シューミンです。
わたし

単 語
たん ご

1.	きょうしつ	教室	教室
2.	わたし	私	我
3.	ワン・シューミン		王淑閔（人名）
4.	シンガポール		新加坡（國名）
5.	くる	来る	來
6.	ラフル・チャダ		拉胡爾・查德（人名）
7.	インド		印度（國名）
8.	りゅうがくせい	留学生	留學生
9.	はらきょうこ	原京子	原京子（人名）
10.	（はら）さん	（原）さん	（原）小姐或先生
11.	だいがくせい	大学生	大學生
12.	さとうたけし	佐藤武	佐藤武（人名）
13.	かいしゃいん	会社員	公司職員
14.	がくせいかいかん	学生会館	學生會館
15.	にほんごがっこう	日本語学校	日語學校
16.	がくせい	学生	學生
17.	ぶんかおんがくだいがく	文化音楽大学	文化音樂大學
18.	よしだよしこ	吉田良子	吉田良子（人名）
19.	アルン・アマラポーン		阿侖・阿瑪拉朋（人名）
20.	やまだ	山田	山田（姓氏）
21.	だいがく	大学	大學
22.	せんせい	先生	老師，指導者

23.	きょう	今日	今天
24.	ひるごはん	昼ごはん	午餐
25.	かんじ	漢字	漢字
26.	きょうかしょ	教科書	教科書，課本
27.	じゅぎょう	授業	課，課程
28.	リー・ミン		李閔（人名）
29.	ひるやすみ	昼休み	午休
30.	やすみ	休み	休息，休假
31.	いつ		什麼時候
32.	ぎんこう	銀行	銀行
33.	デパート		百貨公司
34.	ごぜん	午前	上午
35.	ぶんかさい	文化祭	（學校的）文化節
36.	しょくどう	食堂	餐廳，食堂
37.	ゆうびんきょく	郵便局	郵局
38.	としょかん	図書館	圖書館
39.	たんじょうび	誕生日	生日
40.	なつやすみ	夏休み	暑假
41.	ばんごはん	晩ごはん	晩餐
42.	テスト		測驗，考試

【いろいろな表現】

1.	はじめまして。	初次見面。（第一次見面時的問候語）
2.	どうぞよろしくお願いします。	請多關照。
3.	よろしくお願いします。	請多關照。
4.	よろしく。	多多關照。
5.	はい、そうです。	是的，沒錯。
6.	あのう、（休みはいつですか。）	請問，（什麼時候休息？）

本文 1

私はワン・シューミンです。
わたし

（教室で）
きょうしつ

ワン：はじめまして。私はワン・シューミンです。
　　　　　　　　　　　わたし

　　　シンガポールから来ました。
　　　　　　　　　　き

ラフル：はじめまして。ラフルです。

　　　インドから来ました。
　　　　　　　　き

ワン：どうぞよろしくお願いします。
　　　　　　　　　　　ねが

ラフル：よろしくお願いします。
　　　　　　　　　ねが

文型 1

私はワン・シューミンです。
わたし

1）私は留学生です。
　わたし　りゅうがくせい

2）原さんは大学生です。
　はら　　だいがくせい

3）佐藤さんは会社員です。
　さとう　　かいしゃいん

4）ハンバーガーは３００円です。
　　　　　　　　さんびゃくえん

本文 2

ワンさんは大学生ですか。

（学生会館で）
がくせいかいかん

原京子：はじめまして。原です。
はらきょうこ　　　　　　　　　　はら

　ワン：私はワンです。
　　　　わたし

　　　　よろしくお願いします。
　　　　　　　　　ねが

　　原：ワンさんは大学生ですか。
　　はら　　　　　　　だいがくせい

　ワン：いいえ、日本語学校の学生です。
　　　　　　　にほんごがっこう　がくせい

　　原：私は文化音楽大学の学生です。
　　はら　わたし　ぶんかおんがくだいがく　がくせい

　　　　よろしく。

文型 2

Ａ：ワンさんは学生ですか。
　　　　　　がくせい

Ｂ：はい、学生です。
　　　　　がくせい

Ａ：ワンさんは会社員ですか。
　　　　　　かいしゃいん

Ｂ：いいえ、学生です。
　　　　　　がくせい

1）佐藤：吉田さんは学生ですか。

吉田：はい、学生です。

2）ラフル：アルンさんは会社員ですか。

ワン：いいえ、学生です。

3）佐藤：ラフルさんは学生ですか。

ラフル：はい、そうです。

文化音楽大学の学生です。

1）山田さんは大学の先生です。

2）今日の昼ごはんはラーメンです。

3）学生：漢字の教科書はいくらですか。

先生：1,500円です。

本文3

休みはいつですか。

スケジュール	
1	9：10 ～ 10：00
2	10：10 ～ 11：00
3	11：10 ～ 12：00
昼休み	12：00 ～　1：00
4	1：00 ～　1：50
5	2：00 ～　2：50

（教室で）

先生：授業は9時10分からです。

ワン：何時までですか。

先生：2時50分までです。

リー：昼休みは何時から何時までですか。

先生：12時から1時までです。

ラフル：あのう、休みはいつですか。

先生：土曜日と日曜日です。

文型4

A：授業は<u>何時</u><u>から</u>ですか。

B：<u>9時10分</u><u>から</u>です。

A：<u>何時</u><u>まで</u>ですか。

B：<u>2時50分</u><u>まで</u>です。

1）A：銀行は何時からですか。

　　B：9時からです。

2) A：デパートは何時までですか。

　　B：8時までです。

3) 午前の授業は9時10分から12時までです。

4) 文化祭は11月2日から4日までです。

文型 5

　　　A：休みはいつですか。

　　　B：日曜日です。

1) A：誕生日はいつですか。

　　B：4月29日です。

2) ラフル：漢字の授業はいつですか。

　　　先生：水曜日です。

3) A：夏休みはいつからですか。

　　B：7月26日からです。

　　A：いつまでですか。

　　B：8月31日までです。

文型 6

　　　A：休みはいつですか。

　　　B：土曜日と日曜日です。

1) 今日の晩ごはんはカレーとサラダです。

2) 先生：テストは7月21日と22日です。

3) ハンバーガーとコーラをください。

練習 a

絵を見て例のように言いましょう。

例）銀行は9時から3時までです。

銀行／9：00〜3：00

1. デパート／10：00〜8：00

2. 食堂／11：00〜6：30

3. 郵便局／9：00〜5：00

4. 図書館／9：00〜7：00

練習問題

I 文型1 絵を見て例のように書きなさい。

例　　___ワンさん___　は ___学生___ です。

ワンさん

学生

1.

ハンバーガー

３００円
さんびゃくえん

_____ は_____ です。

2.

佐藤さん
さとう

会社員
かいしゃいん

_____ は_____ です。

II 文型2 絵を見て例のように書きなさい。

例　１）A：山田さんは学生ですか。
　　　　　やまだ　　　　　がくせい

　　　B：___はい___、学生です。
　　　　　　　　　　　　がくせい

山田さん
やまだ

　　２）A：山田さんは先生ですか。
　　　　　やまだ　　　　　せんせい

　　　B：___いいえ___、学生です。
　　　　　　　　　　　　　がくせい

38

Ⅰ.

アルンさん

A：アルンさんは会社員ですか。
　　　　かいしゃいん

B：＿＿＿＿＿＿＿、学生です。
　　　　　　　　　　　　がくせい

2.

３００円
さんびゃくえん

A：ハンバーガーは３００円ですか。
　　　　　　　　　　　さんびゃくえん

B：＿＿＿＿＿＿＿、３００円です。
　　　　　　　　　　　　さんびゃくえん

3.

A：昼ごはんはラーメンですか。
　　ひる

B：＿＿＿＿＿＿＿、そうです。

Ⅲ 文型3 例のように＿＿＿にひらがなを１つ書きなさい。
　　　　　　　れい　　　　　　　　　　　　　ひと　か

例 ワンさん＿は＿学生です。
　　　　　　　　　　がくせい

Ⅰ. 田中さん＿＿＿＿大学＿＿＿＿先生です。
　　たなか　　　　　　だいがく　　　　　せんせい

2. 今日＿＿＿＿晩ごはん＿＿＿＿カレーです。
　　きょう　　　　ばん

3. 日本語＿＿＿＿教科書＿＿＿＿3,000円です。
　　にほんご　　　　きょうかしょ　　　さんぜんえん

Ⅳ 文型4 絵を見て例のように書きなさい。

> 例
>
> １）昼休みは＿＿１２時＿からです。
>
> ２）昼休みは＿＿１時＿までです。

1	9:10～10:00
2	10:10～11:00
3	11:10～12:00
昼休み	12:00～1:00
4	1:00～1:50
5	2:00～2:50

１.

１０：００～７：００　　デパートは＿＿＿＿＿＿＿＿からです。

２.

９：００～５：００　　郵便局は＿＿＿＿＿＿＿＿までです。

３.

９：００～３：００　　銀行は＿＿＿＿＿から＿＿＿＿＿までです。

Ⅴ 文型5 例のように ◯ の中から言葉を選んで、書きなさい。

いつまで 何曜日 いつ いつから

> 例 A：休みは＿＿いつ＿＿ですか。
>
> B：土曜日と日曜日です。

1. A：テストは＿＿＿＿＿＿＿ですか。

   B：5月10日です。

2. A：今日は＿＿＿＿＿＿＿ですか。

   B：火曜日です。

3. A：夏休みは＿＿＿＿＿＿＿ですか。

   B：8月1日からです。

   A：＿＿＿＿＿＿＿ですか。

   B：8月31日までです。

Ⅵ 文型6 例のように＿＿＿にひらがなを1つ書きなさい。

> 例 ワンさん＿＿は＿＿学生です。

1. 今日＿＿＿＿昼ごはん＿＿＿＿ハンバーガー＿＿＿＿サラダです。

2. 休み＿＿＿＿土曜日＿＿＿＿日曜日です。

吉田さんの一日、佐藤さんの一日
よしだ　　　　　　　いちにち　さとう　　　　　　いちにち

単 語
たん ご

1.	のむ	飲む	喝，飲，服用
2.	たべる	食べる	吃
3.	みる	見る	看
4.	きく	聞く	聽
5.	よむ	読む	讀，閱讀
6.	かく	書く	書寫
7.	すう	吸う	吸
8.	する		做
9.	しごと	仕事	工作，職業
10.	しごと（を）する	仕事（を）する	做工作
11.	べんきょう	勉強	學習
12.	べんきょう（を）する	勉強（を）する	學習
13.	テニス		網球
14.	テニス（を）する		打網球
15.	おきる	起きる	起床，起來
16.	ねる	寝る	睡覺，就寢
17.	いく	行く	去
18.	かえる	帰る	回家，回去
19.	がっこう	学校	學校
20.	ごご	午後	下午
21.	うち		家，房子
22.	テレビ		電視

23.	なに	何	什麼
24.	すし／おすし		壽司
25.	おんがく	音楽	音樂
26.	ほん	本	書本，書籍
27.	てがみ	手紙	信
28.	レストラン		餐廳
29.	マリー・マルタン		瑪麗・馬汀（人名）
30.	たばこ		香菸
31.	さけ／おさけ	（お）酒	酒類
32.	どこ		哪裡，哪個地方
33.	かいしゃ	会社	公司
34.	にほん	日本	日本
35.	チン・コウリョウ		陳弘良（人名）
36.	あさ	朝	早上
37.	(11 時半) ごろ		11 點半左右
38.	よる	夜	晚上，夜晚
39.	しんぶん	新聞	報紙
40.	いちにち	一日	一日，一天
41.	ビール		啤酒
42.	きのう	昨日	昨天
43.	しぶや	渋谷	澀谷（地名）
44.	えいが	映画	電影
45.	サッカー		足球
46.	サッカー (を) する		踢足球

【いろいろな表現】

1.	（ラフルさん）は？	拉胡爾先生呢？
2.	そうですか。	我瞭解了。／是嗎？

動詞
どうし

1. 飲みます
   の

2. 食べます
   た

3. 見ます
   み

4. 聞きます
   き

5. 読みます
   よ

6. 書きます
   か

7. 吸います
   す

8. します

仕事をします
しごと

勉強をします
べんきょう

テニスをします

9. 起きます
　　お

10. 寝ます
　　　ね

11. 行きます
　　　い

12. 帰ります
　　　かえ

13. 来ます
　　　き

本文 1

吉田良子さんの一日
(よしだよしこ) (いちにち)

午前
(ごぜん)
7：00

7時半に起きます。
(しちじはん)(お)
コーヒーを飲みます。
(の)

8：00　学校へ行きます。
(がっこう)(い)

9：00　9時から3時まで学校で勉強をします。
(くじ)(さんじ)(がっこう)(べんきょう)

午後
(ごご)
3：00

3時半からテニスをします。
(さんじはん)

6：00　6時にうちへ帰ります。
(ろくじ)(かえ)
晩ごはんを食べます。
(ばん)(た)

7：00

テレビを見ます。
(み)

11：00

11時半に寝ます。
(じゅういちじはん)(ね)

文型1

A：<u>何</u> <u>を</u> 飲みますか。

B：コーヒー<u>を</u>飲みます。

を飲みます。

?　を飲みます。
↓
何　を飲みますか。

1）コーヒーを飲みます。

2）おすしを食べます。

3）テレビを見ます。

4）音楽を聞きます。

5）本を読みます。

6）手紙を書きます。

7）テニスをします。

8）A：何を飲みますか。

　　B：紅茶を飲みます。

9）（レストランで）

　　ワン：何を食べますか。

　　マリー：カレーとサラダを食べます。ワンさんは何を食べますか。

　　ワン：私はハンバーガーを食べます。

A：たばこを吸_すいますか。

B：┌ はい、吸_すいます。

└ いいえ、吸_すいません。

いき**ます** → いき**ません**

たべ**ます** → たべ**ません**

き**ます** → き**ません**

し**ます** → し**ません**

1）吉田_{よしだ}：佐藤_{さとう}さんはお酒_{さけ}を飲_のみますか。

　 佐藤_{さとう}：いいえ、飲_のみません。

A：<u>どこ</u> <u>へ</u> 行_いきますか。

B：学校_{がっこう}へ行_いきます。

 へ行_いきます。

┌─────┐
│　？　│　へ行_いきます。
└─────┘
　↓
どこ　へ行_いきますか。

48

1）会社へ行きます。

2）うちへ帰ります。

3）日本へ来ます。

4）チン：どこへ行きますか。

　　リー：郵便局へ行きます。

文型 4

A：<u>どこ</u>　<u>で</u>　勉強をしますか。

B：学校で勉強をします。

　で勉強をします。

?　で勉強をします。

↓

どこ　で勉強をしますか。

1）うちで本を読みます。

2）会社で仕事をします。

3）A：どこで昼ごはんを食べますか。

　　B：学校の食堂で食べます。

49

文型 5

A：<u>何時</u><u>に</u> 起きます か。
　　なんじ　　　　お

B：<u>7時半</u>に起きます。
　　しちじはん　　お

A：<u>いつ</u>コーヒーを飲みますか。
　　　　　　　　　　　　の

B：<u>朝</u>、飲みます。
　　あさ　の

 に学校へ行きます。
　　　　　　　　がっこう　い

 ごろ(に)うちへ帰ります。
　　　　　　　　　　　　　　　　かえ

 、テレビを見ます。
　　　　　　　　　　　　　み

1）7時にうちへ帰ります。
　　しちじ　　　　かえ

2）11時半ごろ(に)寝ます。
　　じゅういちじはん　　ね

3）A：何時に起きますか。
　　　　なんじ　お

　　B：7時に起きます。
　　　　しちじ　お

4）夜、うちで音楽を聞きます。
　　よる　　　おんがく　き

5）A：いつ新聞を読みますか。
　　　　　　しんぶん　よ

　　B：朝、読みます。
　　　　あさ　よ

佐藤さんの一日を見て言いましょう。
<ruby>佐藤<rt>さとう</rt></ruby> <ruby>一日<rt>いちにち</rt></ruby> <ruby>見<rt>み</rt></ruby>

佐藤武さんの一日
<ruby>佐藤武<rt>さ とう たけし</rt></ruby> <ruby>一日<rt>いちにち</rt></ruby>

午前
<ruby>午前<rt>ご ぜん</rt></ruby>

６：００

７：００

８：００

９：００

９：００a.m.～７：００p.m

午後
ごご

7：00

8：00

9：00

10：00

11：00

12：00

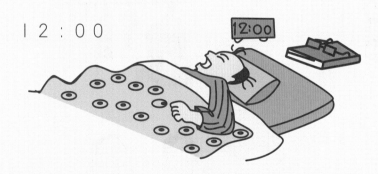

☆自分の一日を友達に言いましょう。
　じ ぶん　いちにち　ともだち　い

練習ｂ

絵を見て例のように言いましょう。

例） A：何時に起きますか。
　　 B：7時に起きます。

起きます　　7時

1．行きます　　銀行

2．食べます　　スパゲッティ

3．勉強をします　　うち

4．飲みます　　ビール

5．寝ます　　11時

練習 C

例のように友達と話しましょう。

例) A：<u>何時に起きますか</u>。
　　B：<u>7時に起きます</u>。

何時に学校へ来ますか。

どこで昼ごはんを食べますか。

何時ごろうちへ帰りますか。

夜、何をしますか。

何時ごろ寝ますか。

本文2

昨日、何をしましたか。
きのう　なに

（月曜日　教室で）
げつようび　きょうしつ

ラフル：おはようございます。

　ワン：おはようございます。

ラフル：ワンさん、昨日、何をしましたか。
　　　　　　　　　きのう　なに

　ワン：渋谷で映画を見ました。ラフルさんは？
　　　　しぶや　えいが　み

ラフル：私はテニスをしました。
　　　　わたし

　ワン：そうですか。

見 ｜ ました。
｜ ませんでした。

1）昨日、デパートへ行きました。
　　きのう　　　　　　　　　　　い

2）Ａ：昨日の夜、テレビを見ましたか。
　　　　きのう　よる　　　　　　　み

　　Ｂ：いいえ、見ませんでした。
　　　　　　　　　　み

3）Ａ：日曜日に何をしましたか。
　　　　にちようび　なに

　　Ｂ：うちで本を読みました。
　　　　　　　ほん　よ

練習 d

例のように自由に友達と話しましょう。
れい　　　　　じゆう　ともだち　はな

例）Ａ：日曜日に何をしましたか。
れい　　　にちようび　なに

　　Ｂ：サッカーをしました。

練習問題

I **動詞**　例のように ⬭ の中から言葉を選んで、書きなさい。
　　　　　　　れい　　　　　　　　なか　　ことば　えら　　　　か

見ます み	行きます い	読みます よ	寝ます ね
食べます た	書きます か	起きます お	聞きます き
来ます き	帰ります かえ	飲みます の	仕事をします し　ごと

例　＿＿＿＿＿＿ 見ます ＿＿＿＿＿＿
　　　　　　　　　み

1. ＿＿＿＿＿＿

2. ＿＿＿＿＿＿

3. ＿＿＿＿＿＿

4. ＿＿＿＿＿＿

5. ＿＿＿＿＿＿

6. ＿＿＿＿＿＿

7. ＿＿＿＿＿＿

8. ＿＿＿＿＿＿

例 テレビ＿＿を＿見ます。
　　　　　　　　み

1. ７時＿＿＿＿＿起きます。
　　しちじ　　　　　お

2. 朝、うち＿＿＿＿コーヒー＿＿＿＿＿飲みます。
　　あさ　　　　　　　　　　　　　　　　　の

3. 学校＿＿＿＿＿行きます。
　　がっこう　　　　い

4. 食堂＿＿＿＿＿ごはん＿＿＿＿＿食べます。
　　しょくどう　　　　　　　　　た

5. 図書館＿＿＿＿＿行きます。
　　としょかん　　　　い

6. 図書館＿＿＿＿＿本＿＿＿＿＿読みます。
　　としょかん　　　ほん　　　　よ

7. ６時＿＿＿＿＿うち＿＿＿＿＿帰ります。
　　ろくじ　　　　　　　　　　かえ

8. 音楽＿＿＿＿＿聞きます。
　　おんがく　　　き

9. １１時＿＿＿＿＿寝ます。
　　じゅういちじ　　　ね

何　　　いつ　　　どこ　　　何時
なに　　　　　　　　　　　　　　なんじ

例 A：＿＿何＿＿を飲みますか。
　　　　　なに　　　の
　　B：コーヒーを飲みます。
　　　　　　　　　　　の

1. A：＿＿＿＿＿＿＿で勉強しますか。
   べんきょう

   B：図書館で勉強します。
   としょかん　べんきょう

2. A：＿＿＿＿＿＿＿にうちへ帰りますか。
   かえ

   B：１０時にうちへ帰ります。
   じゅうじ　　　　　　かえ

3. A：＿＿＿＿＿＿＿へ行きますか。
   い

   B：銀行へ行きます。
   ぎんこう　い

4. A：＿＿＿＿＿＿＿を食べますか。
   た

   B：サンドイッチを食べます。
   た

5. A：＿＿＿＿＿＿＿本を読みますか。
   ほん　よ

   B：夜、読みます。
   よる　よ

Ⅳ 文型 1・3・4・5 例のように質問に答えなさい。
ぶんけい　　　　　　れい　　　　しつもん　こた

> 例　何時に起きますか。
> なんじ　お
>
> <u>7時に起きます。</u>
> しちじ　お

1. 何時に学校へ来ますか。
   なんじ　がっこう　き

   ＿＿＿＿＿＿＿＿＿＿＿＿＿＿＿＿＿＿＿＿＿＿

2. どこで昼ごはんを食べますか。
   ひる　　　　た

   ＿＿＿＿＿＿＿＿＿＿＿＿＿＿＿＿＿＿＿＿＿＿

3. 何時ごろうちへ帰りますか。
　　なんじ　　　　　　かえ

_____

4. 夜、何をしますか。
　　よる　なに

_____

5. 何時ごろ寝ますか。
　　なんじ　　ね

_____

Ⅴ 文型2　例のように書きなさい。
　　　　　　れい　　　　　か

例　A：たばこを吸いますか。
　　　　　　　　　す
　　B：いいえ、<u>吸いません。</u>
　　　　　　　　　す

1. A：お酒を飲みますか。
　　　　さけ　の
　　B：いいえ、_____

2. A：テレビを見ますか。
　　　　　　　み
　　B：いいえ、_____

3. A：音楽を聞きますか。
　　　　おんがく　き
　　B：いいえ、_____

4. A：テニスをしますか。
　　B：いいえ、_____

VI 文型6 例のように書きなさい。
_{れい} _か

例 1）A：昨日の夜、テレビを見ましたか。
_{きのう} _{よる} _み

B：はい、<u>見ました。</u>
_み

2）A：昨日の夜、テレビを見ましたか。
_{きのう} _{よる} _み

B：いいえ、<u>見ませんでした。</u>
_み

---

1. A：昼ごはんを食べましたか。
_{ひる} _た

B：はい、＿＿＿＿＿＿＿＿＿＿＿＿＿＿＿＿

2. A：昨日、図書館へ行きましたか。
_{きのう} _{としょかん} _い

B：いいえ、＿＿＿＿＿＿＿＿＿＿＿＿＿＿＿

3. A：昨日の夜、本を読みましたか。
_{きのう} _{よる} _{ほん} _よ

B：はい、＿＿＿＿＿＿＿＿＿＿＿＿＿＿＿＿

4. A：昨日の夜、お酒を飲みましたか。
_{きのう} _{よる} _{さけ} _の

B：いいえ、＿＿＿＿＿＿＿＿＿＿＿＿＿＿＿

5. A：日曜日にサッカーをしましたか。
_{にちようび}

B：はい、＿＿＿＿＿＿＿＿＿＿＿＿＿＿＿＿

これは誰のノートですか。
だれ

単語
たん ご

1.	つくえ	机	桌子
2.	いす		椅子
3.	まど	窓	窗戶
4.	ドア		門
5.	ごみばこ	ごみ箱	垃圾箱，垃圾桶
6.	ホワイトボード		白板
7.	カーテン		窗簾
8.	ノート		筆記本
9.	えんぴつ		鉛筆
10.	けしゴム	消しゴム	橡皮擦
11.	シャーペン		自動鉛筆
			(是「シャープペンシル」的簡稱)
12.	シャープペンシル		自動鉛筆
13.	ボールペン		原子筆
14.	じしょ	辞書	辭典
15.	とけい	時計	鐘錶
16.	めがね		眼鏡
17.	かさ	傘	傘
18.	かばん		書包，手提包，皮包
19.	くつ	靴	鞋子
20.	パソコン		個人電腦

21.	けいたい	携帯	手機
			(是「けいたいでんわ」的簡稱)
22.	けいたいでんわ	携帯電話	手機
23.	シーディー	CD	CD，光碟
24.	シーディープレーヤー	CD プレーヤー	CD 播放器
25.	なん（ですか。）	何	什麼
26.	これ		這個（事物近己方）
27.	だれ	誰	誰
28.	それ		那個（事物近對方）
29.	ねこ	猫	貓
30.	いぬ	犬	狗
31.	にほんご	日本語	日語
32.	えいご	英語	英語
33.	あれ		那個（事物在遠方）

物の名前
_{もの　なまえ}

机
_{つくえ}

いす

窓
_{まど}

ドア

ごみ箱
_{ばこ}

ホワイトボード

カーテン

テレビ

教科書　　　　　　　ノート
_{きょうかしょ}

えんぴつ　　　　　　消しゴム
_け

シャーペン（シャープペンシル）

ボールペン

辞書
_{じしょ}

時計
_{とけい}

めがね

傘
_{かさ}

かばん

靴
_{くつ}

パソコン

携帯（携帯電話）
_{けいたい　けいたいでんわ}

ＣＤ

ＣＤプレーヤー

練習 a

上の絵を見て例のように言いましょう。
_{うえ　え　み　れい　　　　い}

例）A：何ですか。
_{れい}　　　_{なん}

　　B：<u>教科書</u>です。
　　　　_{きょうかしょ}

本文 1

これは誰（だれ）のノートですか。

先生（せんせい）：これは誰（だれ）のノートですか。

ラフル：それは私（わたし）のノートです。

先生（せんせい）：これもラフルさんのですか。

ラフル：いいえ、それは私（わたし）のじゃ

ありません。

文型 1

A：ボールペンですか。

B：┌ はい、ボールペンです。

└ いいえ、ボールペン<u>じゃありません</u>。

シャーペンです。

1）A：猫（ねこ）ですか。

B：いいえ、猫（ねこ）じゃありません。

犬（いぬ）です。

2）A：日本語の本ですか。

B：いいえ、日本語の本じゃありません。

英語の本です。

3）A：コーヒーですか。

B：いいえ、コーヒーじゃありません。

紅茶です。飲みますか。

A：ありがとうございます。

文型 2

A：誰の教科書ですか。

B：私の教科書です。／私のです。

1）先生：誰のかばんですか。

ラフル：ワンさんのかばんです。／ワンさんのです。

2）先生：ラフルさんの教科書ですか。

ラフル：いいえ、私の教科書じゃありません。

／私のじゃありません。

※ ラフル：誰ですか。

チン：マリーさんです。

文型 3

これ
それ は私の教科書です。
あれ

1)

① これは誰の教科書ですか。

② それは私の教科書です。

2)

① それは誰のノートですか。

② これは私のノートです。

3)

① あれは誰のかばんですか。

② あれは吉田さんのかばんです。

文型 4

それ**も**私のです。

1) 先生：これは誰の本ですか。
　　ワン：それは私のです。
　　先生：これもワンさんのですか。
　　ワン：はい、それも私のです。

2)　　ワン：これは誰のノートですか。
　　ラフル：それは私のです。
　　　ワン：これもラフルさんのですか。
　　ラフル：いいえ、それは私のじゃありません。

練習問題

I 物の名前 絵を見て例のようにひらがなで書きなさい。

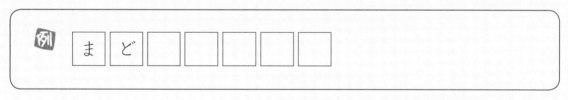

| 例 | ま | ど | | | | | |

1.
2.
3. き ょ
4.
5.

6.
7.
8.
9.

II 物の名前　絵を見て例のようにカタカナで書きなさい。

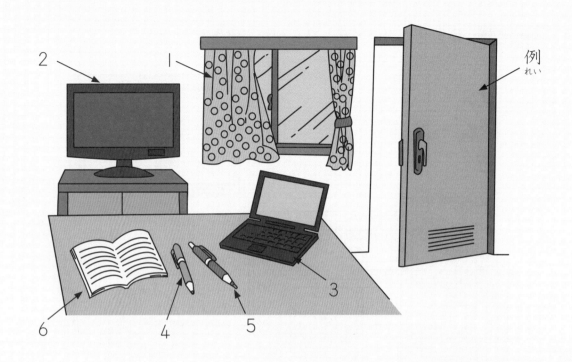

例	ド	ア						

1.
2.
3.
4. | ボ |
5. | シ | ャ |
6.

III　文 型 1　絵を見て例のように書きなさい。
えみれい　か

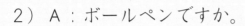

> 例　１）　A：ボールペンですか。
>
> 　　　　B：＿＿はい＿＿、＿＿ボールペンです。＿＿
>
> 　　２）　A：ボールペンですか。
>
> 　　　　B：＿＿いいえ＿＿、＿＿ボールペンじゃありません。＿＿
> 　　　　　シャーペンです。

1.

　　　A：犬ですか。
　　　　いぬ
　　　B：＿＿＿＿＿＿＿、

　　　＿＿＿＿＿＿＿＿＿＿＿＿＿＿＿

2.

　　　A：犬ですか。
　　　　いぬ
　　　B：＿＿＿＿＿＿＿、

　　　＿＿＿＿＿＿＿＿＿＿＿＿＿＿＿
　　　猫です。
　　　ねこ

3.

　　　A：ラーメンですか。

　　　B：＿＿＿＿＿＿＿、

　　　＿＿＿＿＿＿＿＿＿＿＿＿＿＿＿

4.

A：ラーメンですか。

B：＿＿＿＿＿＿＿、

　＿＿＿＿＿＿＿＿＿＿＿

　うどんです。

Ⅳ 文型2　絵を見て例のように書きなさい。

先生
せんせい

田中さん
たなか

例　A：誰の靴ですか。
　　だれ　くつ

　　B：　先生のです。
　　　　せんせい

1.

A：誰の傘ですか。
　だれ　かさ

B：＿＿＿＿＿＿＿＿＿＿＿

2.

A：誰のめがねですか。
　だれ

B：＿＿＿＿＿＿＿＿＿＿＿

3.

A：＿＿＿＿＿＿＿＿＿＿＿

B：田中さんのです。
　　たなか

Ⅴ **文型3・4** 絵を見て例のように書きなさい。
えみれい　　　　　か

例

___これ___は
___誰___の___
___本です___か。

1.

① _____は私_____
です。ありがとうございます。

② これ_____
吉田さん_____
_____か。

③ _____
はい、_____も
私_____です。
すみません。

2.

① _____は
誰のかばん
ですか。

② _____は
私のです。

私のかばんはあの黒いのです。
わたし　　　　　　　　　　　　くろ

単語
たんご

1.	ひろい	広い	寬廣的，寬闊的
2.	せまい	狭い	狹窄的
3.	おおきい	大きい	大的
4.	ちいさい	小さい	小的
5.	ながい	長い	長的
6.	みじかい	短い	短的
7.	たかい	高い	貴的，高的
8.	やすい	安い	便宜的
9.	あつい	暑い	熱的
10.	さむい	寒い	寒冷的
11.	あたらしい	新しい	新的
12.	ふるい	古い	舊的
13.	あかるい	明るい	明亮的
14.	くらい	暗い	昏暗的
15.	うるさい		吵鬧的，煩人的
16.	きたない	汚い	骯髒的，不整潔的
17.	かわいい		可愛的
18.	あかい	赤い	紅色的
19.	あおい	青い	藍色的
20.	くろい	黒い	黑色的
21.	しろい	白い	白色的

74

22. きいろい	黄色い	黄色的
23. しずか	静か	安靜的
24. きれい		美麗的，乾淨的
25. げんき	元気	身體好的，健康的
26. へや	部屋	房間
27. こども	子供	小孩
28. ぼうし	帽子	帽子
29. くるま	車	汽車
30. はな	花	花
31. こうがいがくしゅう	校外学習	校外教學
32. この		這～（事物近己方）
33. どれ		哪個
34. その		那～（事物近對方）
35. あの		那～（事物在遠方）
36. え	絵	畫

【いろいろな表現】
ひょうげん

1. そうですね。 是呀。（表示贊成）

い形容詞
けいようし

1. 広い
   ひろ

2. 狭い
   せま

3. 大きい
   おお

4. 小さい
   ちい

5. 長い
   なが

6. 短い
   みじか

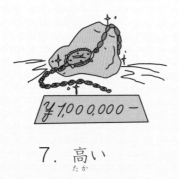

¥1,000,000-

7. 高い
   たか

¥1,000-

8. 安い
   やす

9. 暑い
　　あつ

10. 寒い
　　　さむ

11. 新しい
　　　あたら

12. 古い
　　　ふる

13. 明るい
　　　あか

14. 暗い
　　　くら

15. うるさい

16. 汚い
　　　きたな

17. かわいい

18. 赤い
あか

19. 青い
あお

20. 黒い
くろ

21. 白い
しろ

22. 黄色い
き いろ

な形容詞
けいようし

23. 静か
しず

24. きれい

25. 元気
げん き

本文1

チンさんの部屋は広いですか。

（教室で）

マリー：チンさんの部屋は広いですか。

　チン：いいえ、広くありません。

　　　　マリーさんの部屋は広いですか。

マリー：いいえ、私の部屋も広くありません。

　チン：マリーさんの部屋はきれいですか。

マリー：はい、私の部屋はきれいです。

　チン：そうですか。私の部屋はきれいじゃありません。

文型1

広い部屋です。

元気な子供です。

```
広い ← い形容詞
部屋 ← 名詞
```

元気な｜子供
げんき　こども

↑　　↑

な形容詞　名詞
けいようし　めいし

1) 黄色い帽子です。
　　きいろ　ぼうし
2) 新しい車です。
　　あたら　くるま
3) 静かな音楽です。
　　しず　おんがく
4) A：きれいな花ですね。
　　　　　　　はな
　　B：そうですね。

練習 a

絵を見て例のように言いましょう。
え　み　れい　　　　い

例) 安い時計です。
れい　やす　とけい

¥1,000ー

1.

2.

3.

文型 2

A：チンさんの部屋は広いですか。

B：
はい、広いです。

いいえ、広くありません。

1）マリー：チンさんのノートは新しいですか。

チン：はい、新しいです。

2）チン：マリーさんのかばんは大きいですか。

マリー：いいえ、大きくありません。

練習 b

絵を見て例のように言いましょう。

例1）マリー：チンさんの携帯電話は新しいですか。

チン：はい、新しいです。

携帯電話／新しい

マリー　　チン

例2）マリー：チンさんの携帯電話は新しいですか。
チン：いいえ、新しくありません。

携帯電話／新しい

マリー　　　チン

1）

かばん／大きい

マリー　　　チン

2)

部屋／広い
（へや） （ひろ）

マリー　　　　チン

―――― 文型 3 ――――

A：マリーさんの部屋はきれいですか。
　　　　　（へや）
B：┌ はい、きれい**です**。
　　└ いいえ、きれい**じゃありません**。

1）ラフル：ワンさんの部屋は静かですか。
　　　　　　　　　（へや）（しず）
　　ワン：はい、静かです。
　　　　　（しず）
　　　　　ラフルさんの部屋は静かですか。
　　　　　　　　　　（へや）（しず）
　　ラフル：いいえ、静かじゃありません。
　　　　　　　　（しず）

絵を見て言いましょう。
<small>え み い</small>

1.

部屋／きれい
<small>へ や</small>

チン　マリー

2.

部屋／静か
<small>へ や</small>　<small>しず</small>

チン　マリー

例のように友達と話しましょう。
<small>れい</small>　　<small>ともだち</small>　<small>はな</small>

例）　チン：マリーさんの傘は新しいですか。
<small>れい</small>　　　　　　　　<small>かさ</small>　<small>あたら</small>
　　マリー：⎰ はい、新しいです。
　　　　　　　　　　<small>あたら</small>
　　　　　　⎱ いいえ、新しくありません。
　　　　　　　　　　　<small>あたら</small>

本文2

あの大きいかばんは誰のですか。

（校外学習で）

先生： このかばんは誰のですか。

チン： それはマリーさんのです。

先生： チンさんのかばんは

どれですか。

チン： その黒いのです。

先生： あの大きいかばんは

誰のですか。

ワン： あれはラフルさんのです。

文型4

このかばん
そのかばん ｝ はマリーさんのです。
あのかばん

1) A：このボールペンは誰のですか。

B：それは私のです。

2) A：その消しゴムは誰のですか。

B：これはラフルさんのです。

3) A：あの白い傘は誰のですか。

B：あの傘は佐藤さんのです。

4) その大きいかばんは私のです。

5) このきれいな傘は吉田さんのです。

文型 5

チンさんのかばんは<u>どれ</u>ですか。

1)　チン：マリーさんの靴はどれですか。

マリー：それです。

2)　ラフル：ワンさんの絵はどれですか。

ワン：あれです。

文型 6

A：チンさんのかばんはどれですか。

B：その黒い<u>の</u>です。

1) マリー：チンさんの靴はどれですか。

チン：この黄色いのです。

2) マリー：チンさんのかばんはどれですか。

チン：あの大きいのです。

絵を見て例のように言いましょう。

例）　ワン：<u>ラフルさんの傘</u>はどれですか。
　　　ラフル：<u>その赤いの</u>です。

1.

2.

山田　田中
やまだ　たなか

3.

練習問題

I 文型1 正しいものに○をつけなさい。

1.

　　a．広い部屋です。
　　b．広いな部屋です。
　　c．広いの部屋です。

2.

　　a．大きいな犬です。
　　b．大きいの犬です。
　　c．大きい犬です。

3.

　　a．新しいの本です。
　　b．新しい本です。
　　c．新しいな本です。

4.

　　a．静かい部屋です。
　　b．静かな部屋です。
　　c．静か部屋です。

5.

　　a．きれい花です。
　　b．きれいな花です。
　　c．きれいの花です。

例 1）A：狭いですか。
　　　　せま
　　　B：いいえ、狭くありません。
　　　　　　　　せま
　　2）A：広いですか。
　　　　ひろ
　　　B：はい、広いです。
　　　　　　　ひろ

1.

A：広いですか。
　　ひろ

B：＿＿＿＿＿＿＿＿＿＿＿＿＿＿

2.

A：古いですか。
　　ふる

B：＿＿＿＿＿＿＿＿＿＿＿＿＿＿

3.

A：きれいですか。

B：＿＿＿＿＿＿＿＿＿＿＿＿＿＿

4.

A：暗いですか。
　　くら

B：＿＿＿＿＿＿＿＿＿＿＿＿＿＿

5.

A：短いですか。
　　みじか

B：＿＿＿＿＿＿＿＿＿＿＿＿＿＿＿＿＿＿

Ⅲ 文型4 絵を見て例のように書きなさい。
　　　　　　え　み　れい　　　　　　　　か

例

A：｛ a. この
　　 b. その ｝ ＿大きい＿ 猫は誰のですか。
　　 c. あの 　　 おお　　 ねこ　だれ
　　　　　　　　　（大きい）
　　　　　　　　　　おお

B：私のです。
　　わたし

診察室

A　　B

I. A：｛ a. この
　　　 b. その ｝ ＿＿＿＿＿＿傘は誰のですか。
　　　 c. あの 　　　　　かさ　だれ
　　　　　　　　　（きれい）

B：良子さんのです。
　　よしこ

B　　A

2．A：
$\left\{\begin{array}{l}\text{a．この}\\\text{b．その}\\\text{c．あの}\end{array}\right\}$ ＿＿＿＿傘は誰のですか。
<ruby>傘<rt>かさ</rt></ruby> <ruby>誰<rt>だれ</rt></ruby>

（<ruby>白<rt>しろ</rt></ruby>い）

A

B

B：<ruby>私<rt>わたし</rt></ruby>のです。

Ⅳ 文型5 例のように ⬭ の中から言葉を選んで、書きなさい。
<ruby>例<rt>れい</rt></ruby> <ruby>中<rt>なか</rt></ruby> <ruby>言葉<rt>ことば</rt></ruby> <ruby>選<rt>えら</rt></ruby> <ruby>書<rt>か</rt></ruby>

> どこ 　　 どれ 　　 <ruby>誰<rt>だれ</rt></ruby>

> 例 A：これは＿<ruby>誰<rt>だれ</rt></ruby>＿の<ruby>本<rt>ほん</rt></ruby>ですか。
>
> 　　 B：<ruby>私<rt>わたし</rt></ruby>のです。

1．A：キムさんの<ruby>教科書<rt>きょうかしょ</rt></ruby>は＿＿＿＿＿ですか。

　　B：これです。

2．A：＿＿＿＿＿で<ruby>勉強<rt>べんきょう</rt></ruby>しますか。

　　B：うちでします。

3．A：あの<ruby>赤<rt>あか</rt></ruby>いかばんは＿＿＿＿＿のですか。

　　B：ワンさんのです。

Ⅴ 文型6 正しいものに○をつけなさい。
_{ただ}

1. マリー：チンさんのかばんはどれですか。

   チン：この { a. 黒いです。_{くろ}
              b. 黒です。_{くろ}
              c. 黒いのです。_{くろ} }

2. ワン：キムさんの靴はどれですか。_{くつ}

   キム：あの { a. 大きいです。_{おお}
              b. 大きいの靴です。_{おお}_{くつ}
              c. 大きいのです。_{おお} }

冷蔵庫の中にジュースがあります。
れいぞうこ　　なか

単 語
たん　ご

1. すずきけんじ	鈴木健志	鈴木健志（人名）
2. （健志）くん	（健志）君	小（健志）（用於男孩的名字後）
3. れいぞうこ	冷蔵庫	冰箱
4. なか	中	裡面
5. ある		有，在（表示無生命的存在）
6. テーブル		桌子
7. うえ［位置］	上	上，上面［位置］
8. かし／おかし	（お）菓子	點心，糕點
9. おかあさん	お母さん	（別人的）母親，令堂
10. （お母さん）より		（母親）留
11. した	下	下，下面
12. まえ［位置］	前	前，前面［位置］
13. うしろ	後ろ	後，後面
14. ひだり	左	左（邊）
15. みぎ	右	右（邊）
16. となり	隣	隔壁，旁邊
17. スーパー		超級市場
18. コンビニ		便利商店
19. びょういん	病院	醫院
20. えき	駅	車站
21. （駅の）そば		（車站）旁邊
22. ケーキ		蛋糕
23. おとこのこ	男の子	男孩
24. いる		有，在（表示有生命的存在）
25. はこ	箱	盒子

26.	さら／おさら	（お）皿	盤子，碟子
27.	フォーク		叉子
28.	ナイフ		刀
29.	こうえん	公園	公園
30.	しんじゅくえき	新宿駅	新宿車站
31.	すずきしん	鈴木伸	鈴木伸（人名）
32.	（伸）ちゃん		小～（伸）（親暱的稱呼）
33.	まんが		漫畫
34.	（に）かい	（2）階	（2）樓
35.	てあらい／おてあらい	（お）手洗い	廁所，洗手間
36.	てんいん	店員	店員
37.	あそこ		那裡，那個地方（遠方）
38.	せんめんじょ	洗面所	盥洗室
39.	おとこのひと	男の人	男人
40.	ここ		這裡，這個地方（近己方）
41.	でんわ	電話	電話
42.	きっさてん	喫茶店	咖啡店
43.	ホテル		飯店
44.	ほんや	本屋	書店
45.	ちか	地下	地下（室）
46.	けしょうひん	化粧品	化妝品
47.	くだもの	果物	水果
48.	スカート		裙子

【いろいろな表現】

1.	おかえりなさい。	你回來啦。
2.	ああ、	啊！
3.	どうもありがとうございます。	非常謝謝您。
4.	あれっ、	咦？
5.	はい。（ここにありますよ。）	來。給您。（在這裡喔！）
6.	どうもすみません。	謝謝。／真是不好意思。

本文 1

冷蔵庫の中にジュースがあります。
れいぞうこ　なか

MEMO

けんじくん

おかえりなさい。

冷蔵庫の中にジュースがあります。
れいぞうこ　　なか

テーブルの上にお菓子があります。
　　　うえ　　がし

5時ごろ帰ります。
ごじ　　かえ

お母さんより
かあ

位置を表す言葉
（いち あらわ ことば）

上
うえ

中
なか

下
した

前
まえ

左
ひだり

右
みぎ

後ろ
うし

リー

マリー

隣
となり

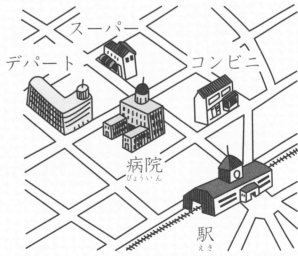

スーパー

デパート

コンビニ

病院
びょういん

駅
えき

そば

文型 1

テーブルの上にケーキとコーヒーが あります。

車の後ろに男の子が います。

1）箱の中に猫がいます。

2）机の下にかばんがあります。

3）車の前に犬がいます。

4）お皿の左にフォークがあります。

お皿の右にナイフがあります。

5）リーさんの隣にマリーさんがいます。

文型 2

駅のそばにスーパーやコンビニ（など）があります。

1）私のうちのそばに公園や図書館（など）があります。

2）新宿駅のそばにデパートや銀行（など）があります。

文型 3

Ａ：テーブルの上に何が ありますか。

Ｂ：ケーキとコーヒーが あります。

A：リーさんの隣に誰が いますか。

B：マリーさんが います。

A：箱の中に何が いますか。

B：猫が います。

1）A：その箱の中に何がありますか。

　　B：古いまんががあります。

2）ワン：教室に誰がいますか。

　　リー：ラフルさんがいます。

3）A：そのかばんの中に
　　　　何がいますか。

　　B：犬です。見ますか。

　　A：かわいいですね。

文を読んで（　　　）の中に数字を書きましょう。
ぶん　よ　　　　　　　　　　　　なか　すうじ　か

私の後ろにチンさんがいます。
わたし　うし

佐藤さんの右に猫がいます。
さ とう　　　みぎ　ねこ

チンさんの隣に吉田さんがいます。
となり　よし だ

吉田さんの前に伸ちゃんがいます。
よし だ　　　まえ　しん

私の左に犬がいます。
わたし　ひだり　いぬ

吉田さんの右にマリーさんがいます。
よし だ　　　みぎ

（　　　　）（　　　　）（　　　　）

左　　　　　　　　　　　　　　　　　　右
ひだり　　　　　　　　　　　　　　　　　みぎ

1　吉田さん
　　よし だ
2　私
　　わたし
3　マリーさん
4　伸ちゃん
　　しん
5　佐藤さん
　　さ とう
6　チンさん

（　　　　）（　　　　）（　　　　）

本文2

お手洗いはどこにありますか。

（デパートの中で）

佐藤武：あのう、この階にお手洗いはありますか。

店員Ａ：いいえ。お手洗いは３階にあります。

（3階で）
さんがい

　佐藤：すみません、お手洗いはどこにありますか。
　さとう　　　　　　　　　　てあら

店員Ｂ：あそこです。
てんいん

　佐藤：ああ、あそこですね。どうもありがとうございます。
　さとう

（お手洗いの中の洗面所で）
　てあら　なか　せんめんじょ

男の人：あれっ、私のめがねはどこに…。
おとこ　ひと　　　　　わたし

　佐藤：はい。ここにありますよ。
　さとう

男の人：ああ、どうもすみません。
おとこ　ひと

文型 4

A：お手洗いは どこに ありますか。／どこですか。
　　　て あら

B：お手洗いは あそこに あります。／あそこです。
　　　て あら

1）（電話で）
　　　てんわ

　　ワン：今、どこにいますか。
　　　　　いま

　　ラフル：食堂にいます。
　　　　　　しょくどう

ワン　　　ラフル

2）A：郵便局はどこにありますか。
　　　ゆうびんきょく

　　　　／どこですか。

　　B：郵便局はここにあります。
　　　ゆうびんきょく

　　　　／ここです。

3）A：私の犬はどこにいますか。
　　　わたし　いぬ

　　　　／どこですか。

　　B：あそこにいます。

　　　　／あそこです。

絵を見て例のように言いましょう。

例) A：リーさんはどこにいますか。

B：教室の前にいます。

1.

2.

地図を見て例のように言いましょう。
ちず み れい い

例）A：病院はどこにありますか。
れい　　びょういん

　　B：喫茶店の隣にあります。
　　　きっさてん　となり

1. 郵便局　　　2. ホテル　　　3. 本屋　　　4. コンビニ
　ゆうびんきょく　　　　　　　　　　　　　ほんや

絵を見て例のように言いましょう。

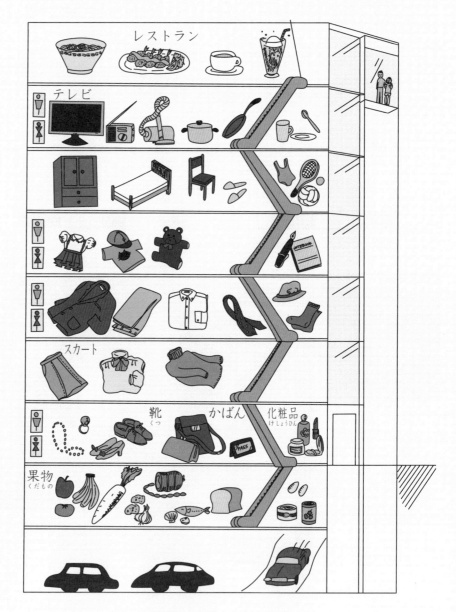

7階（ななかい）　レストラン

6階（ろっかい）　テレビ

5階（ごかい）

4階（よんかい）

3階（さんがい）

2階（にかい）　スカート

1階（いっかい）　靴（くつ）　かばん　化粧品（けしょうひん）

地下1階（ちかいっかい）　果物（くだもの）

地下2階（ちかにかい）

例）A：すみません、靴（くつ）は何階（なんかい）ですか。

B：1階（いっかい）です。

1. レストラン
2. かばん
3. 化粧品（けしょうひん）
4. 果物（くだもの）
5. スカート
6. テレビ

練習問題

Ⅰ 文型1 絵を見て例のように ◯ の中から言葉を選んで、
_____に書きなさい。
_____に「います」か「あります」を書きなさい。

上	前	後ろ	中	下	そば
うえ	まえ	うし	なか	した	

例 テーブルの__上__にケーキとコーヒーが__あります。__
　　　うえ

1. いすの_____にめがねが_____

2. 箱の_____に猫が_____
　　はこ　　　　　　　　ねこ

3. テレビの_____に靴が_____
　　　　　　　　　　　　くつ

4. テレビの＿＿＿＿＿に時計が＿＿＿＿＿＿
   とけい

5. 冷蔵庫の＿＿＿＿＿に幸子さんが＿＿＿＿＿＿＿
   れいぞうこ　　　　　　　　　さちこ

Ⅱ 文型1 （　　　　）に名前を書きなさい。
　　　　　　　　　　　なまえ　か

幸子：私（幸子）の隣に一郎さんがいます。
さちこ　わたし さちこ　となり いちろう

　　　私の後ろに吉田さんがいます。
　　　わたし うし　よしだ

　　　吉田さんの隣に佐藤さんと原さんがいます。
　　　よしだ　　となり さとう　はら

　　　佐藤さんの右にテーブルがあります。
　　　さとう　みぎ

　　　原さんの隣にリンさんがいます。
　　　はら　　となり

Ⅲ 文型1・2 絵を見て例のように___にひらがなを1つ書きなさい。

えみれい　　　　　　　　　　ひとか

 私___は___ワンです。
わたし

ワン

1.

ドア_____前_____
　　　　まえ

犬_____猫_____います。
いぬ　　ねこ

2.

学校
がっこう

学校_____そば_____公園_____
がっこう　　　　　　　　こうえん

図書館など_____あります。
としょかん

3.

車_____後ろ_____男の子_____います。
くるま　　うし　　　　おとこ こ

車_____前_____犬_____います。
くるま　　まえ　　　いぬ

何　　　どこ　　　います　　　あります
なに

例

A：机の上に＿＿何＿＿が＿＿あります＿＿か。
　つくえ　うえ　　　なに

B：電話が＿＿あります。＿＿
　でんわ

1.　A：テレビの下に＿＿＿＿＿＿が＿＿＿＿＿＿＿か。
　　　　した

　　B：時計が＿＿＿＿＿＿
　　　　とけい

2.　A：箱の中に＿＿＿＿＿＿が＿＿＿＿＿＿か。
　　　　はこ　なか

　　B：猫が＿＿＿＿＿＿
　　　　ねこ

3.　A：コーヒーとケーキは＿＿＿＿＿＿に＿＿＿＿＿＿か。

　　B：テーブルの上です。
　　　　　　　　うえ

4.　A：ジュースは＿＿＿＿＿＿に＿＿＿＿＿＿か。

　　B：冷蔵庫の中です。
　　　　れいぞうこ　なか

5.　A：幸子さんは＿＿＿＿＿＿に＿＿＿＿＿＿か。
　　　　さちこ

　　B：ドアの前です。
　　　　　　まえ

Ⅴ 文型 4 　地図を見て例のように書きなさい。
（ちず）（み）（れい）　　（か）

例　1）　A：病院はどこにありますか。
（びょういん）

　　　　B：<u>学校の前にあります。</u>
（がっこう）（まえ）

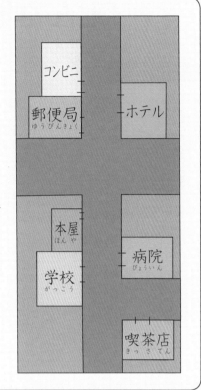

　　2）　A：<u>学校はどこにありますか。</u>
（がっこう）

　　　　B：病院の前にあります。
（びょういん）（まえ）

コンビニ

郵便局
（ゆうびんきょく）

ホテル

本屋
（ほんや）

学校
（がっこう）

病院
（びょういん）

喫茶店
（きっさてん）

1.　A：ホテルはどこにありますか。

　　B：＿＿＿＿＿＿＿＿＿＿＿＿＿＿＿＿＿＿

2.　A：コンビニはどこにありますか。

　　B：＿＿＿＿＿＿＿＿＿＿＿＿＿＿＿＿＿＿

3.　A：＿＿＿＿＿＿＿＿＿＿＿＿＿＿＿＿＿＿

　　B：学校の隣にあります。
（がっこう）（となり）

どんな映画が好きですか。
えいが　　す

単語
たん ご

1. すずきさちこ	鈴木幸子	鈴木幸子（人名）
2. みなさん		各位，大家
3. みんな		全部，全體
4. おいしい		美味的，好吃的
5. こちら［この人］ ひと		這位（這個人）
6. ともだち	友達	朋友
7. りょうり	料理	料理，菜
8. りょうり（を）する	料理（を）する	做菜
9. あまり（〜ない）		不太〜（用於否定句）
10. よく（飲む） の		經常（喝）
11. ぜんぜん		完全，一點也（用於否定句）
12. ときどき		時常，有時
13. ワイン		葡萄酒
14. スポーツ		體育，運動
15. スポーツ（を）する		做運動
16. いつも		總是
17. かいもの	買い物	購物，買東西
18. かいもの（を）する	買い物（を）する	購物，買東西
19. えきまえ	駅前	車站前
20. えいがかん	映画館	電影院
21. どんな		什麼樣的〜

22.	すき	好き	喜歡的，愛好的
23.	コメディー		喜劇
24.	ホラー		恐怖
25.	わしょく	和食	和食，日本菜
26.	だいすき	大好き	非常喜歡的
27.	クラシック		古典樂
28.	ロック		搖滾樂
29.	なっとう	納豆	納豆
30.	きらい	嫌い	討厭的，不喜歡的
31.	てんぷら		天婦羅
32.	バス		公車，巴士
33.	いけぶくろ	池袋	池袋（地名）
34.	くに	国	國家
35.	ふゆやすみ	冬休み	寒假
36.	そと	外	外面
37.	ニュース		新聞
38.	ドラマ		戲劇
39.	すもう		相撲
40.	びじゅつかん	美術館	美術館
41.	（絵を）かく		畫畫

【いろいろな表現】

1.	みなさん、	各位，大家
2.	いただきます。	我開動了。（用在吃、喝之前）
3.	ええ。	是呀。

本文１

料理をしますか。
りょうり

（鈴木さんのうちで）
すずき

鈴木幸子：みなさん、サンドイッチ、どうぞ。
すずきさちこ

吉田良子：ありがとうございます。
よしだよしこ

　　みんな：いただきます。おいしい！

　　　幸子：武さん、こちら、私の友達の吉田良子さんです。
　　　さちこ　たけし　　　　　　わたし　ともだち　よしだよしこ

　　　吉田：はじめまして。吉田です。
　　　よしだ　　　　　　　　よしだ

　佐藤武：佐藤武です。よろしく。
　さとうたけし　さとうたけし

＊

114

佐藤：幸子さんの料理はおいしいですね。
　　　吉田さんは料理をしますか。
吉田：いいえ、あまりしません。
佐藤：そうですか。
吉田：佐藤さんはよくお酒を飲みますか。
佐藤：いいえ、ぜんぜん飲みません。吉田さんはよく飲みますか。
吉田：ときどき飲みます。
佐藤：何を飲みますか。
吉田：ビールかワインを飲みます。

115

A：よくお酒を飲みますか。

B：┌ はい、よく飲みます。

├ いいえ、あまり飲みません。

└ いいえ、ぜんぜん飲みません。

1）私はよく本を読みます。

2）A：よくスポーツをしますか。

　　B：いいえ、あまりしません。

3）A：よく料理をしますか。

　　B：いいえ、ぜんぜんしません。

例のように言いましょう。

例）本を読みます／いいえ／あまり

　　　チン：マリーさんはよく本を読みますか。

　　マリー：いいえ、あまり読みません。

　　1．スポーツをします／いいえ／あまり

　　2．テレビを見ます／はい／よく

　　3．お酒を飲みます／いいえ／ぜんぜん

練習 b

例のように友達と話しましょう。

例) チン：<u>マリーさんはよく本を読みますか。</u>

マリー：┌ はい、よく読みます。
　　　　├ いいえ、あまり読みません。
　　　　└ いいえ、ぜんぜん読みません。

　　　<u>チンさんはよく本を読みますか。</u>

チン：┌ はい、よく読みます。
　　　├ いいえ、あまり読みません。
　　　└ いいえ、ぜんぜん読みません。

スポーツ　　手紙　　料理　　映画
　　　　　　てがみ　　りょうり　　えいが

お酒　　　テレビ　　　音楽
さけ　　　　　　　　　おんがく

文型 2

ビール<u>か</u>ワインを飲みます。

1）A：朝、何を飲みますか。
　　　あさ なに　の
　　B：コーヒーか紅茶を飲みます。
　　　　　　　こうちゃ　の

2）A：いつもどこで買い物をしますか。
　　　　　　　　か もの
　　B：駅前のスーパーかコンビニでします。
　　　えきまえ

本文2

どんな映画が好きですか。

吉田：佐藤さんは日曜日に何をしますか。

佐藤：映画を見ます。

吉田：そうですか。映画館で見ますか。

佐藤：いいえ、映画館では見ません。うちで見ます。

吉田：どんな映画が好きですか。

佐藤：私はコメディーが好きです。

　　　吉田さんはどんな映画が好きですか。

吉田：私はホラーが好きです。

佐藤：そうですか。私はホラーは好きじゃありません。

私はコメディーが 好きです。

1）マリー：チンさんは和食が好きですか。

　　　チン：はい、好きです。おすしが大好きです。

　　マリー：私もおすしが好きです。

2）佐藤：吉田さんはクラシックが好きですか。

　　吉田：いいえ、あまり好きじゃありません。

　　　　　私はロックが好きです。

　　佐藤：そうですか。

3）私は納豆が嫌いです。

例のように友達と話しましょう。

例）おすし

　　　チン：マリーさんはおすしが好きですか。

　　マリー：┌　はい、好きです。
　　　　　　└　いいえ、あまり好きじゃありません。

1．犬

2．猫

3．ホラー映画

4．お酒

5．クラシック

A：どんな映画が好きですか。

B：私はコメディーが好きです。

1）吉田：どんな音楽が好きですか。

チン：静かな音楽が好きです。吉田さんは？

吉田：私はロックが好きです。

2）A：どんなスポーツをしますか。

B：サッカーをします。

A：私もサッカーをします。

3）　吉田：マリーさんの猫はどんな猫ですか。

マリー：白い猫です。

練習 d

例のように言いましょう。

例）音楽／クラシック

チン：マリーさんは音楽が好きですか。

マリー：はい、好きです。

チン：どんな音楽が好きですか。

マリー：クラシックが好きです。

1．スポーツ／テニス

2．和食／てんぷら

3．映画／コメディー

映画館では見ません。うちで見ます。

を	→	は	へ	→	へは
が	→	は	に	→	には
□	→	は	で	→	では

1) A：朝、コーヒーを飲みますか。

　　B：いいえ、コーヒーは飲みません。ミルクを飲みます。

2) A：ロックが好きですか。

　　B：いいえ、ロックは好きじゃありません。

　　　クラシックが好きです。

3) A：朝、新聞を読みますか。

　　B：いいえ、朝は読みません。夜、読みます。

4) A：このバスは池袋へ行きますか。

　　B：いいえ、池袋へは行きません。渋谷へ行きます。

5) A：夏休みに国へ帰りますか。

　　B：いいえ、夏休みには帰りません。冬休みに帰ります。

6) A：うちで晩ごはんを食べますか。

　　B：いいえ、うちでは食べません。外で食べます。

絵を見て例のように言いましょう。
（え）（み）（れい）（い）

例）
（れい）

A：よく本を読みますか。
（ほん）（よ）

B：いいえ、<u>本は読みません</u>。
（ほん）（よ）
<u>まんがを読みます</u>。
（よ）

本　　　　　まんが
（ほん）

1.

よくニュースを見ますか。
（み）

ニュース　　　ドラマ

2.

うちで晩ごはんを食べますか。

うち　外

3.

よく池袋へ行きますか。

池袋　渋谷

本文 3

サッカーを見るのが好きです。

吉田：佐藤さんはよくスポーツをしますか。

佐藤：いいえ、あまりしません。吉田さんは？

吉田：私はよくテニスをします。サッカーも好きです。

佐藤：サッカーをしますか。

吉田：いいえ、しません。

　　　私はサッカーを見るのが好きです。

　　　佐藤さんもよくサッカーを見ますか。

佐藤：いいえ、あまり見ません。

　　　私はすもうを見るのが好きです。

　　　吉田さんはすもうを見ますか。

吉田：いいえ、ぜんぜん見ません。

文型 6

動詞 辞書形
どうし　じしょけい

	ます形		辞書形					
グループ1	す<u>い</u>ます	→	す<u>う</u>	（あ	い	<u>う</u>	え	お）
	<u>い</u>きます	→	い<u>く</u>	（か	き	<u>く</u>	け	こ）
	よ<u>み</u>ます	→	よ<u>む</u>	（ま	み	<u>む</u>	め	も）
	あ<u>り</u>ます	→	あ<u>る</u>	（ら	り	<u>る</u>	れ	ろ）
	かえ<u>り</u>ます	→	かえ<u>る</u>	（ら	り	<u>る</u>	れ	ろ）
グループ2	<u>い</u>ます	→	<u>い</u>る					
	<u>み</u>ます	→	<u>み</u>る					
	<u>ね</u>ます	→	<u>ね</u>る					
	た<u>べ</u>ます	→	た<u>べ</u>る					
	お<u>き</u>ます	→	お<u>き</u>る					
グループ3	します	→	する					
	きます	→	くる					

文型 7

私はサッカーを見るのが好きです。
わたし　　　　　　　　　　み　　　　す

1）吉田：佐藤さんは何をするのが好きですか。
　よしだ　さとう　　　　なに　　　　　　す

　　佐藤：私は本を読むのが好きです。
　　さとう　わたし　ほん　よ　　　　す

2）Ａ：よく料理をしますか。
　　　　　　りょうり

　　Ｂ：いいえ。私は料理をするのはあまり好きじゃありません。
　　　　　　　　わたし　りょうり　　　　　　　　　　す

　　Ａ：そうですか。

3) ワン：私はよく美術館へ行きます。
　　　　チンさんもよく行きますか。

　　チン：ええ。私は絵を見るのが好きです。

　　ワン：そうですか。私は絵をかくのが好きです。

練習 f

絵を見て例のように言いましょう。

例）A：何をするのが好きですか。

　　B：私は映画を見るのが好きです。

　　A：私はスポーツをするのが好きです。

スポーツをする　　　　映画を見る

1. 絵を見る　絵をかく　　2. サッカーをする　テニスをする

3. テレビを見る　まんがを読む

練習 g

自由に友達と話しましょう。

どんな〜が
好きですか。

何をするのが
好きですか。

よく
〜ますか。

〜のが
好きですか。

練習問題

I 文型 1 例のように質問に答えなさい。
れい　　　　しつもん　こた

例　A：よくお酒を飲みますか。
　　　　　さけ　の
　　　　　　　　┌ a．よく
　B：___いいえ___、┤ b．あまり ├___飲みません。___
　　　　　　　　└ ⓒ．ぜんぜん┘　　　の

1．A：よくスポーツをしますか。
　　　　　　　　┌ a．よく
　B：_____、┤ b．あまり ├_____
　　　　　　　　└ c．ぜんぜん┘

2．A：よく本を読みますか。
　　　　　ほん　よ
　　　　　　　　┌ a．よく
　B：_____、┤ b．あまり ├_____
　　　　　　　　└ c．ぜんぜん┘

3．A：よく手紙を書きますか。
　　　　　てがみ　か
　　　　　　　　┌ a．よく
　B：_____、┤ b．あまり ├_____
　　　　　　　　└ c．ぜんぜん┘

II 文型2 正しいものに○をつけなさい。

私は朝、コーヒー $\left\{ \begin{array}{l} a.\ の \\ b.\ を \\ c.\ か \end{array} \right\}$ ミルクを飲みます。

昼、学校の食堂でラーメン $\left\{ \begin{array}{l} a.\ が \\ b.\ を \\ c.\ か \end{array} \right\}$ そば $\left\{ \begin{array}{l} a.\ が \\ b.\ を \\ c.\ か \end{array} \right\}$ 食べます。

III 文型3 例のように書きなさい。

例 山田：田中さんは犬が好きですか。

田中：はい、<u>　好きです。　</u>

---

1. 山田：田中さんはおすしが好きですか。

　　田中：はい、＿＿＿＿＿＿＿＿＿＿＿＿＿＿＿＿＿＿＿＿

2. 山田：田中さんは猫が好きですか。

　　田中：いいえ、あまり＿＿＿＿＿＿＿＿＿＿＿＿＿＿＿＿＿

例のように ⬭ の中から言葉を選んで、書きなさい。
れい　　　　　　　　　なか　　ことば　えら　　　　か

┌───┐
│ どこ　　　いつ　　　何時　　　どんな　　　何 │
│ 　　　　　　　　　　なんじ　　　　　　　　なに │
└───┘

┌───┐
│ 例　　A：__どこ__で勉強しますか。   │
│ 　　　　　　　　　べんきょう   │
│ 　　　B：図書館でします。   │
│ 　　　　　としょかん   │
└───┘

I. A：図書館で＿＿＿＿＿＿＿をしますか。
　　　としょかん

　　B：新聞を読みます。
　　　しんぶん　よ

2. A：＿＿＿＿＿＿＿音楽を聞きますか。
　　　　　　　　　おんがく　き

　　B：ロックを聞きます。
　　　　　　　　き

3. A：＿＿＿＿＿＿＿に起きますか。
　　　　　　　　　お

　　B：7時に起きます。
　　　しちじ　お

4. A：誕生日は＿＿＿＿＿＿＿ですか。
　　　たんじょうび

　　B：6月23日です。
　　　ろくがつにじゅうさんにち

Ⅴ 文型5　例のように書きなさい。

例

A：朝、ミルクを飲みますか。

B：いいえ、ミルク＿＿は＿＿ ＿＿飲みません＿＿。

水を＿飲みます。＿

1. A：ホラー映画が好きですか。

　　B：いいえ、ホラー映画＿＿＿＿ ＿＿＿＿＿＿＿＿＿。

　　　コメディーが＿＿＿＿＿＿＿＿＿＿

2. A：朝、テレビを見ますか。

　　B：いいえ、朝＿＿＿＿ ＿＿＿＿＿＿＿＿＿。

　　　夜、＿＿＿＿＿＿＿＿＿＿

3. A：よく渋谷へ行きますか。

　　B：いいえ、渋谷＿＿＿ ＿＿＿ ＿＿＿＿＿＿＿＿＿。

　　　新宿へ＿＿＿＿＿＿＿＿＿

4. A：3時にうちへ帰りますか。

　　B：いいえ、3時＿＿＿ ＿＿＿ ＿＿＿＿＿＿＿＿＿。

　　　5時ごろ＿＿＿＿＿＿＿＿＿

5. A：食堂で昼ごはんを食べますか。

　　B：いいえ、食堂＿＿＿ ＿＿＿ ＿＿＿＿＿＿＿＿＿。

　　　教室で＿＿＿＿＿＿＿＿＿

Ⅵ 文型6 表を完成させなさい。

～ます	～ません	グループ	辞書形
吸います	吸いません	1	吸う
行きます		1	
	ありません		ある
帰ります		1	
		2	寝る
起きます		2	
	食べません		食べる
	しません	3	
来ます		3	

Ⅶ 文型 7　絵を見て例のように書きなさい。
えい　れい　　　　か

例　A：何をするのが好きですか。
　　　なに　　　　　　　す

　　B：絵＿＿をかくのが好きです。＿＿＿
　　　え　　　　　　　　　す

1.

A：何をするのが好きですか。
　なに　　　　　　　す

B：絵＿＿＿＿＿＿＿＿＿＿＿＿＿
　え

2.

A：何をするのが好きですか。
　なに　　　　　　　す

B：音楽＿＿＿＿＿＿＿＿＿＿＿＿
　おんがく

3.

A：何をするのが好きですか。
　なに　　　　　　　す

B：テニス＿＿＿＿＿＿＿＿＿＿＿

財布を落としました。
さい ふ　　 お

単 語
たん ご

1.	さいふ	財布	錢包
2.	（財布を）おとす	落とす	弄丟（錢包）
	さい ふ		
3.	かいかん	会館	會館
4.	こうばん	交番	派出所
5.	けいさつかん	警察官	警察
6.	わかる		了解，明白，懂得
7.	そのとき	その時	那時
8.	きって	切手	郵票
9.	かう	買う	買，購買
10.	それから［順序］		然後［順序］
	じゅんじょ		
11.	さがす	捜す	尋找
12.	でも		然而，不過
13.	おととい		前天
14.	あした	明日	明天
15.	あさって		後天
16.	ひる	昼	白天，中午
17.	ゆうがた	夕方	傍晚
18.	ゆうべ		昨晚
19.	けさ	今朝	今天早上
20.	こんや	今夜	今夜
21.	こんばん	今晩	今晚

22. せんしゅう	先週	上週
23. こんしゅう	今週	這週，本週
24. らいしゅう	来週	下週
25. せんげつ	先月	上個月
26. こんげつ	今月	這個月
27. らいげつ	来月	下個月
28. きょねん	去年	去年
29. ことし	今年	今年
30. らいねん	来年	明年
31. ティーシャツ	Tシャツ	T恤
32. はらじゅく	原宿	原宿（地名）
33. タイ		泰國（國名）
34. しんじゅく	新宿	新宿（地名）
35. そうじ		打掃
36. そうじ（を）する		打掃
37. パン		麵包
38. せんたく	洗濯	洗衣服
39. せんたく（を）する	洗濯（を）する	洗衣服
40. じょうず	上手	好的，高明的
41. あめ	雨	雨
42. ディズニーランド		迪士尼樂園
43. うた	歌	歌曲
44. やさい	野菜	蔬菜
45. （７千円）ぐらい／くらい せん えん		（7000日圓）左右
46. キャッシュカード		提款卡，金融卡
47. かね／おかね	（お）金	錢

48. ほか		其他，別的
49. （キャッシュカード）だけ		只有（提款卡）
50. じゃ		那麼
51. あなた		你
52. じゅうしょ	住所	地址
53. なまえ	名前	名字
54. でんわばんごう	電話番号	電話號碼
55. あと	後	以後，之後
56. れんらくする	連絡する	聯繫，聯絡
57. みせ	店	店鋪
58. わすれる	忘れる	忘記
59. えきいん	駅員	站務員
60. ぶんかびょういん	文化病院	文化醫院（虛構醫院名）
61. まるい	丸い	圓形的
62. しかくい	四角い	四方形的
63. しゅくだい	宿題	作業，習題
64. さくぶん	作文	作文
65. いえ	家	家
66. だいじょうぶ		沒關係
67. かりる	借りる	借（入）
68. かす	貸す	借（出）
69. かえす	返す	歸還，還
70. キム・ヨンス		金勇洙（人名）

【いろいろな表現】
<ruby>表現<rt>ひょうげん</rt></ruby>

1. 何<rt>なん</rt>ですか。 什麼？
2. わかりません。 不明白。
3. ええと、 嗯，我想想
4. ほかには？ 其他的呢？
5. わかりました。 我明白了。
6. あっ、 啊，哎呀
7. これでいいですか。 這樣可以嗎？
8. はい、けっこうです。 好的，可以。
9. ただいま。 我回來了。(進家門時的用語)
10. あ、 啊
11. どうもありがとうございました。 非常感謝。

本文1

財布を落としました。

（学生会館で）

ラフル：あのう、財布を落としました。

先生、私の財布を見ましたか。

会館の先生：いいえ。

ラフル：そうですか…。

（交番で）

ラフル：すみません。

警察官：はい。何ですか。

ラフル：あのう、財布を落としました。

警察官：財布ですか。どこで落としましたか。

ラフル：わかりません。

警察官：今日、どこへ行きましたか。

ラフル：ええと、朝、郵便局へ行きました。

警察官：その時、財布はありましたか。

ラフル：はい、ありました。切手を買いました。

それから、うちへ帰りました。

警察官：そうですか。部屋の中を捜しましたか。

ラフル：ええ。でも、ありませんでした。

138

時の言い方
とき　い　かた

おととい　　昨日　　　今日　　　明日　　あさって
　　　　　きのう　　きょう　　あした

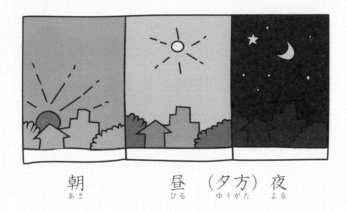

朝　　　　昼　（夕方）夜
あさ　　　ひる　ゆうがた　よる

ゆうべ＝昨日の夜
　　　　きのう　よる

今朝＝今日の朝
けさ　きょう　あさ

今夜／今晩＝今日の夜
こんや　こんばん　きょう　よる

1) おととい、財布を落としました。
　　　　　　さいふ　お

2) A：ゆうべ、何を食べましたか。
　　　　　　　なに　た

　　B：カレーを食べました。
　　　　　　　　た

3) 今日、学校でテニスをします。
　きょう　がっこう

4) 明日の夕方、友達のうちへ行きます。
　あした　ゆうがた　ともだち　　　い

先週
せんしゅう

先月
せんげつ

去年
きょねん

今週
こんしゅう

今月
こんげつ

今年
ことし

来週
らいしゅう

来月
らいげつ

来年
らいねん

5） A：かわいいＴシャツですね。

　　 B：先週、原宿で買いました。
　　　　せんしゅう　はらじゅく　か

6） 去年の８月にタイへ行きました。
　　きょねん　はちがつ　　　　い

7） 来週の水曜日に新宿で映画を見ます。
　　らいしゅう　すいようび　しんじゅく　えいが　み

8） 夏休みは来月の２３日からです。
　　なつやす　らいげつ　にじゅうさんにち

練習 a

絵を見て例のように友達と話しましょう。
え　み　れい　　　　　　ともだち　はな

例１） A：昨日、そうじをしましたか。
れい　　　きのう

　　　 B：｛ はい、しました。
　　　　　 いいえ、しませんでした。

昨日
きのう

例２） A：明日、テニスをしますか。
れい　　　あした

　　　 B：｛ はい、します。
　　　　　 いいえ、しません。

明日
あした

1. 先週
   せんしゅう
2. 今日の夜
   きょう　よる
3. 今朝
   け　さ
4. 昨日
   き　のう

例のように友達と話しましょう。
れい　　　　　ともだち　はな

例）今朝／何／食べる／？
れい　け さ　なに　た
　　A：今朝、何を食べましたか。
　　　　け さ　なに　た
　　B：〔パン〕を食べました。
　　　　　　　　　た

1. ゆうべ／何／食べる／？
　　　　　　なに　た
2. 昨日の夜／何時／寝る／？
　　きのう　よる　なんじ　ね
3. 先週の日曜日／何／する／？
　　せんしゅう　にちようび　なに
4. 今朝／何時／起きる／？
　　け さ　なんじ　お
5. 今日の夜／何／する／？
　　きょう　よる　なに

郵便局へ行きました。それから、うちへ帰りました。
ゆうびんきょく　い　　　　　　　　　　　　　かえ

1）A：日曜日に何をしましたか。
　　　にちようび　なに
　　B：洗濯をしました。それから、公園へ行きました。
　　　せんたく　　　　　　　　　　　こうえん　い
2）A：昨日、何をしましたか。
　　　きのう　なに
　　B：朝、そうじをしました。
　　　あさ
　　A：それから、何をしましたか。
　　　　　　　　なに
　　B：テレビを見ました。
　　　　　　　　み

文型 3

部屋の中を捜しました。でも、ありませんでした。
へや　なか　さが

1) 昨日、友達のうちへ行きました。でも、友達はいませんでした。
きのう　ともだち　　　い　　　　　　　　　　ともだち

2) A：よくスポーツをしますか。

　　 B：はい、テニスをします。でも、上手じゃありません。
　　　　　　　　　　　　　　　　　　　　じょうず

3) 私の部屋は新しいです。でも、狭いです。
わたし　へや　あたら　　　　　　　せま

4) 今日は雨です。でも、ディズニーランドへ行きます。
きょう　あめ　　　　　　　　　　　　　　　い

練習 C

絵を見て例のように言いましょう。
え　み　れい　　　い

例) 私は料理が好きです。
れい　わたし　りょうり　す
　　 でも、あまり上手じゃありません。
　　　　　　　じょうず

私は料理が好きです。
わたし　りょうり　す

1. 私は歌が好きです。
　わたし　うた　す

2. 私の部屋はきれいです。
　わたし　へや

3. 私は野菜が嫌いです。
　わたし　やさい　きら

本文2

黒くて小さい財布です。
くろ　　ちい　　さいふ

警察官：どんな財布ですか。
けいさつかん　　さいふ

ラフル：黒くて小さい財布です。
　　　　くろ　　ちい　　さいふ

警察官：財布の中にいくらありましたか。
けいさつかん　さいふ　なか

ラフル：ええと…7千円ぐらいです。
　　　　　　　　ななせんえん

警察官：そうですか。
けいさつかん

ラフル：キャッシュカードもありました。

警察官：お金とキャッシュカード…。
けいさつかん　かね

　　　　ほかには？

ラフル：ええと…お金とキャッシュカードだけです。
　　　　　　　　かね

警察官：わかりました。
けいさつかん

　　　　じゃ、ここにあなたの住所と名前と電話番号を
　　　　　　　　　　　　　じゅうしょ　なまえ　てんわばんごう

　　　　書いてください。
　　　　か

ラフル：はい。

警察官：あっ、ボールペンで書いてください。
けいさつかん　　　　　　　　　　　　か

ラフル：はい…。

　　　　これでいいですか。

警察官：はい、けっこうです。
けいさつかん

　　　　じゃ、後で連絡します。
　　　　　　あと　れんらく

ラフル：よろしくお願いします。
　　　　　　　　　　ねが

A：どんな財布ですか。

B：黒くて小さい財布です。

い形容詞　　黒くて小さい　財布　です。

な形容詞　　静かできれいな　店　です。

1）リー：あのう、電車の中にかばんを忘れました。

　　駅員：どんなかばんですか。

　　リー：黒くて大きいかばんです。

2）A：今日、スカートを買いました。

　　B：どんなのを買いましたか。

　　A：白くて長いのを買いました。

3）文化病院は大きくてきれいな病院です。

4）吉田さんの部屋は静かで広い部屋です。

絵を見て例のように言いましょう。

例）赤くて小さい財布です。

赤い／小さい／財布

1. 小さい／かわいい／犬
　　ちい　　　　　　　　いぬ

2. 黒い／新しい／携帯電話
　　くろ　あたら　　けいたいでんわ

3. 大きい／きれい／かばん
　　おお

4. 静か／明るい／部屋
　　しず　あか　　へや

☆自分の物について言いましょう。
　じぶん　もの　　　　　　い

絵を見て例のように言いましょう。
え　み　れい　　　　　い

例) A：あのう、財布を
れい　　　　　　さいふ
　　　落としました。
　　　お

　　B：どんな財布ですか。
　　　　　　さいふ

　　A：黒くて小さい財布です。
　　　くろ　ちい　さいふ

財布／落とす／黒い・小さい
さいふ　お　　　くろ　　ちい

　　B：じゃ、ここにあなたの名前と電話番号を書いてください。
　　　　　　　　　　　　なまえ　てんわばんごう　か

　　A：はい…。

　　　これでいいですか。

　　B：はい、けっこうです。じゃ、後で連絡します。
　　　　　　　　　　　　　　あと　れんらく

　　A：よろしくお願いします。
　　　　　　　ねが

1. 財布／落とす／丸い・大きい
　　さいふ　　お　　　　　まる　　　おお

2. かばん／忘れる／白い・四角い　3. 帽子／忘れる／青い・古い
　　　　　　わす　　　しろ　　　しかく　　　　　ぼうし　　わす　　　あお　　ふる

文型 5

お金だけです。
　かね

1）先生：今日の宿題は作文だけです。
　せんせい　きょう　しゅくだい　さくぶん

2）A：家のそばに何がありますか。
　　　いえ　　　　なに

　B：コンビニがあります。

　A：スーパーは？

　B：ありません。コンビニだけです。

本文 3

ラフルさんの財布じゃありませんか。
_{さいふ}

（学生会館で）
_{がくせいかいかん}

　　ラフル：ただいま。

会館の先生：あ、ラフルさん、おかえりなさい。
_{かいかん　せんせい}

　　　　　　財布、ありましたか。
　　　　　　_{さいふ}

　　ラフル：いいえ…。

会館の先生：ラフルさん、お金はだいじょうぶですか。
_{かいかん　せんせい}　　　　　　　_{かね}

　　ラフル：はい。チンさんに借ります。
　　　　　　　　　　　　　　_か

会館の先生：そうですか。私も貸しますよ。
_{かいかん　せんせい}　　　　　_{わたし}　_か

　　ラフル：ありがとうございます。

（ラフルさんの部屋の前で）
　　　　　　_{へ　や　まえ}

　　チン：あ、ラフルさん。

　　　　　これ、ラフルさんの財布じゃありませんか。
　　　　　　　　　　　　　　_{さいふ}

　　ラフル：あっ、そうです。どこにありましたか。

　　チン：ラフルさんの部屋の前にありましたよ。
　　　　　　　　　　　　_{へ　や　まえ}

　　ラフル：ああ、そうですか。どうもありがとうございました。

チンさん<u>に</u>お金を<u>借</u>ります。

ラフルさん<u>に</u>お金を<u>貸</u>します。

チンさんはラフルさんに辞書を貸します。

ラフルさんはチンさんに辞書を借ります。

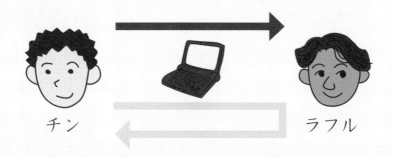

チン　　　　　　ラフル

※　ラフルさんはチンさんに辞書を<u>返</u>します。

1) ラフル：私はいつも、キムさんに
　　　　　　消しゴムを借ります。

2) キム：私はいつも、ラフルさんに
　　　　　消しゴムを貸します。

3) 吉田：佐藤さんに私の傘を貸しました。

4) 先週、図書館で本を借りました。来週、返します。

練習問題

Ⅰ 文型1 例のように ◯ の中から言葉を選んで、適当な形にして書き
なさい。

見ます	します	買います	飲みます
行きます	帰ります	聞きます	

例 1) 先週、渋谷で映画を＿＿見ました。＿＿

2) 来週、友達とテニスを＿します。＿

---

1. ゆうべ、音楽を＿＿＿＿＿＿＿＿＿＿＿＿＿＿＿＿＿＿＿＿＿

2. 明日、友達のうちへ＿＿＿＿＿＿＿＿＿＿＿＿＿＿＿＿＿＿＿

3. 来週、国へ＿＿＿＿＿＿＿＿＿＿＿＿＿＿＿＿＿＿＿＿＿＿＿＿

4. 昨日、Tシャツを＿＿＿＿＿＿＿＿＿＿＿＿＿＿＿＿＿＿＿＿＿

5. 今朝、コーヒーを＿＿＿＿＿＿＿＿＿＿＿＿＿＿＿＿＿＿＿＿＿

II 文型 1 例のように書きなさい。
れい　　　　　　　　　か

例 1）A：昨日、テレビを見ましたか。
　　　　きのう　　　　　　　み

　　　B：はい、<u>　見ました。　</u>
　　　　　　　　　　み

　　2）A：昨日、テレビを見ましたか。
　　　　　きのう　　　　　　み

　　　B：いいえ、<u>　見ませんでした。　</u>
　　　　　　　　　　　　み

---

1. A：今日、テニスをしますか。
　　　きょう

　　B：はい、_____

2. A：ゆうべ、勉強をしましたか。
　　　　　　　べんきょう

　　B：はい、_____

3. A：今朝、紅茶を飲みましたか。
　　　けさ　こうちゃ　の

　　B：いいえ、_____

4. A：今晩、本を読みますか。
　　　こんばん　ほん　よ

　　B：はい、_____

5. A：来年、国へ帰りますか。
　　　らいねん　くに　かえ

　　B：いいえ、_____

6. A：先週、そうじをしましたか。
　　　せんしゅう

　　B：いいえ、_____

Ⅲ 文型2・3 正しいものに○をつけなさい。

1. 私は昨日、9時に起きました。朝、うちでコーヒーを飲みました。
   - a. でも、
   - b. それから、
   図書館へ行きました。

2. 日曜日にレストランで昼ごはんを食べました。
   - a. でも、
   - b. それから、
   本屋へ行きました。日本語の本を買いました。

   - a. でも、
   - b. それから、
   本を電車の中に忘れました。

Ⅳ 文型4 例のように書きなさい。

> 例
> A：田中さんの猫はどんな猫ですか。
> B：＿＿黒くて大きい＿＿猫です。
> 　（黒い・大きい）

1. A：ワンさんの部屋はどんな部屋ですか。
   B：＿＿＿＿＿＿＿＿＿＿部屋です。
   　（広い・明るい）

2. A：チンさんのかばんはどんなかばんですか。
   B：＿＿＿＿＿＿＿＿＿＿かばんです。
   　（赤い・小さい）

3. A：駅のそばの喫茶店はどんな喫茶店ですか。

B：＿＿＿＿＿＿＿＿＿＿＿喫茶店です。

（静か・きれい）

4. A：学校の図書館はどんな図書館ですか。

B：＿＿＿＿＿＿＿＿＿＿＿図書館です。

（新しい・きれい）

5. A：どんなスカートを買いましたか。

B：＿＿＿＿＿＿＿＿＿＿＿スカートを買いました。

（白い・長い）

Ⅴ　文型4　絵を見て例のように書きなさい。

152

白くて丸いかばんです。
しろ　　まる

1.

   _____

2.

   _____

3.

   _____

VI 文型5 正しいものに○をつけなさい。
ただ

１. A：朝、何を飲みますか。
　　　あさ　なに　の

　　B：コーヒー
　　　　　　　　a. だけ
　　　　　　　　b. か　　　紅茶を飲みます。
　　　　　　　　c. も　　　こうちゃ　の

2．ラフル：今朝、何を食べましたか。
　　　　　　けさ　　なに　　た

　　　ワン：パン　a．だけ
　　　　　　　　　b．と　　　サラダを食べました。
　　　　　　　　　c．か　　　　　　　　　　　　た

　　　　　　ラフルさんは？

　　　ラフル：コーヒー　a．だけ
　　　　　　　　　　　　b．と　　　です。
　　　　　　　　　　　　c．の

Ⅶ 文型6　正しいものに〇をつけなさい。
　　　　　　ただ

１．私は先週、友達に本を　a．借りました。
　　わたし　せんしゅう　ともだち　ほん　　　　か
　　　　　　　　　　　　　　b．貸しました。
　　　　　　　　　　　　　　　　か
　　　　　　　　　　　　　　c．返しました。
　　　　　　　　　　　　　　　　かえ

　　明日、その本を　a．借ります。
　　あした　　　ほん　　　か
　　　　　　　　　　b．貸します。
　　　　　　　　　　　　か
　　　　　　　　　　c．返します。
　　　　　　　　　　　　かえ

２．昨日、田中さんに私の傘を　a．借りました。
　　きのう　たなか　　わたし　かさ　　　　か
　　　　　　　　　　　　　　　b．貸しました。
　　　　　　　　　　　　　　　　　か
　　　　　　　　　　　　　　　c．返しました。
　　　　　　　　　　　　　　　　　かえ

VIII 文型6 例のように正しい順番に並べかえなさい。

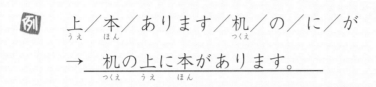

> 例 上／本／あります／机／の／に／が
>
> → ___机の上に本があります。___

1. ワンさん／ラフルさん／貸します／消しゴム／は／に／を

→ _____

_____

> ありがとうございます。

ワン　　ラフル

2. キムさん／リーさん／借ります／シャーペン／は／に／を

→ _____

_____

> ありがとうございます。

キム
リー

155

天気はどうでしたか。
てんき

単 語
たん ご

1.	ニュースキャスター		新聞播音員
2.	こどものひ	子供の日	兒童節
3.	ゴールデンウィーク		黃金週
4.	おわる	終わる	結束
5.	やく（５万人）	約	大約（５萬人）
		まんにん	
6.	（ごまん）にん	（５万）人	（５萬）人
7.	ひと	人	人
8.	きこくする	帰国する	回國
9.	なりたくうこう	成田空港	成田機場
10.	いとう［人名］	伊藤	伊藤（姓氏）
	じんめい		
11.	きしゃ	記者	記者
12.	ほうこくする	報告する	報告
13.	おんなのひと	女の人	女人
14.	いらっしゃる［行く］		去（「行く」的敬語）
15.	ハワイ		夏威夷（地名）
16.	（じゅういち）にちかん	（１１）日間	（11）天
17.	（いっ）しゅうかん	（１）週間	（1）星期，（1）週
18.	りょこう	旅行	旅行
19.	どう（でしたか。）		怎樣，如何
20.	すこし	少し	稍微，一點點
21.	つかれる	疲れる	疲累

22.	たのしい	楽しい	愉快的，高興的
23.	てんき	天気	天氣
24.	まいにち	毎日	每天
25.	とても		很，非常
26.	いい		好的
27.	ちょっと		稍微
28.	いつごろ		何時，什麼時候
29.	よやくする	予約する	預約，預訂
30.	よやく	予約	預約，預訂
31.	（さん）かげつ	（３）か月	（３個）月
32.	（さんかげつ）まえ	（３か月）前	（３個）月前
33.	たいへん	大変	嚴重／非常
34.	どのぐらい		多少
35.	はんとし	半年	半年
36.	（さん）じかん	（３）時間	（３）小時
37.	とうきょう	東京	東京（地名）
38.	パーティー		舞會，宴會（〜を　します：辦舞會）
39.	にぎやか		熱鬧的
40.	やまのうえこうえん	山の上公園	山上公園（虛構公園名）
41.	すしや	すし屋	壽司店
42.	お（すし）やさん	お（すし）屋さん	〜（壽司）店
43.	しんせつ	親切	親切的
44.	うみ	海	海
45.	ダンス		跳舞，舞蹈（〜を　します：跳舞）
46.	バスケットボール		籃球
47.	バスケットボール（を）する		打籃球

48.	パイナップル		鳳梨
49.	しんせん	新鮮	新鮮的
50.	にっこう	日光	日光（地名）
51.	とおい	遠い	遠的
52.	ところ	所	場所，地方
53.	メニュー		菜單
54.	すくない	少ない	少，不多
55.	アパート		公寓
56.	ちかい	近い	近的
57.	むずかしい	難しい	難的
58.	ぜんぶ	全部	全部
59.	にほんりょうり	日本料理	日本料理
60.	さしみ		生魚片
61.	まえ［以前］	前	之前［以前］
62.	いま［最近］	今	現在［最近］
63.	やま	山	山
64.	にほんしゅ	日本酒	日本酒
65.	たべもの	食べ物	食物
66.	にく	肉	肉
67.	さかな	魚	魚
68.	たくさん		很多
69.	みやげ／おみやげ		土産，紀念品
70.	チョコレート		巧克力
71.	ふべん	不便	不便的
72.	べんり	便利	方便的
73.	えのしま	江ノ島	江之島（地名）

74.	ハイビスカス		扶桑花
75.	ちゅうごく	中国	中國（國名）
76.	シャンハイ	上海	上海（地名）
77.	ペキン	北京	北京（地名）
78.	きょうむ	教務	教務，業務

【いろいろな表現】

1.	どうでしたか。	怎麼樣了？
2.	よかったですね。	太好了。
3.	そうですか…。	是這樣啊……。

本文1

天気はどうでしたか。

ニュースキャスター：こんばんは。今日は5月5日、子供の日です。

今年のゴールデンウィークは今日で終わりました。

今日、約5万人の人が帰国しました。

成田空港から伊藤記者が報告します。

（成田空港で）

伊藤記者：あのう、すみません。

女の人：はい。

伊藤記者：どこへいらっしゃいましたか。

女の人：ハワイへ行きました。

伊藤記者：何日間ですか。

女の人：1週間です。

伊藤記者：旅行はどうでしたか。

女の人：少し疲れましたが、楽しかったです。

伊藤記者：天気はどうでしたか。

女の人：毎日とてもいい天気でした。昼はちょっと暑かったですが、

朝と夜はあまり暑くありませんでした。

伊藤記者：いつごろ切符を予約しましたか。

女の人：3か月前です。

伊藤記者：予約は大変でしたか。

女の人：いいえ、あまり大変じゃありませんでした。

A：<u>何日間／どのぐらい</u>ですか。
　　なんにちかん

B：<u>１週間</u>です。
　　いっしゅうかん

1）リー：ワンさんは国でどのぐらい日本語を勉強しましたか。
　　　　　　　　　　　くに　　　　　　　　　にほんご　べんきょう

　　ワン：３か月勉強しました。リーさんは？
　　　　　さん　げつべんきょう

　　リー：半年です。
　　　　　はんとし

2）キム：いつも何時間ぐらい寝ますか。
　　　　　　　　なんじかん　　ね

　　チン：８時間ぐらい寝ます。
　　　　　はちじかん　　ね

3）Ａ：夏休みにハワイへ行きました。
　　　　なつやす　　　　　　い

　　Ｂ：そうですか。ハワイに何日間いましたか。
　　　　　　　　　　　　　　　なんにちかん

　　Ａ：５日間です。
　　　　いっかかん

　　Ｂ：東京からハワイまで何時間ぐらいですか。
　　　　とうきょう　　　　　　なんじかん

　　Ａ：７時間ぐらいです。
　　　　しちじかん

4）ラフル：夏休みに何をしますか。
　　　　　　なつやす　なに

　　　ワン：国へ帰ります。
　　　　　　くに　かえ

　　ラフル：どのぐらいですか。

　　　ワン：３週間です。
　　　　　　さんしゅうかん

A：<u>どうでしたか。</u>

B：<u>楽し</u>｜<u>かったです。</u>
　　たの
　　　｜<u>くありませんでした。</u>

1）Ａ：北海道は寒かったですか。
　　　　ほっかいどう　さむ

　　Ｂ：いいえ、あまり寒くありませんでした。
　　　　　　　　　　　さむ

　　Ａ：天気はどうでしたか。
　　　　てんき

　　Ｂ：よかったです。

文型 3

大変 { でした。
      { じゃありませんでした。

1）A：パーティーはどうでしたか。

　　B：とてもにぎやかでした。

2）A：山の上公園はきれいでしたか。
　　　　やま　うえこうえん

　　B：いいえ、あまりきれいじゃありませんでした。

文型 4

いい天気 { でした。
　　てんき { じゃありませんでした。

1）A：日曜日、何をしましたか。
　　　にちようび　なに

　　B：美術館へ行きました。でも、休みでした。
　　　びじゅつかん　い　　　　　　　　やす

2）A：いいホテルでしたか。

　　B：いいえ、あまりいいホテルじゃありませんでした。

| | 現在 | | | 過去 | |
	辞書形	肯定形	否定形	肯定形	否定形
い形容詞	楽しい	楽しいです	楽しくありません	楽しかったです	楽しくありませんでした
	※いい	いいです	よくありません	よかったです	よくありませんでした
な形容詞	大変	大変です	大変じゃありません	大変でした	大変じゃありませんでした
名詞	休み	休みです	休みじゃありません	休みでした	休みじゃありませんでした

練習 a

絵を見て例のように言いましょう。

例1) A：日曜日に何をしましたか。
B：おすし屋さんへ行きました。
A：どうでしたか。
B：おいしかったです。
A：よかったですね。

おいしいです。

おすし屋さんへ行く

楽しいです。

1．テニスをする

店員さんが
親切です。

2．買い物をする

にぎやかです。

3．原宿へ行く

例2）A：日曜日に何をしましたか。
　　　B：おすし屋さんへ行きました。
　　　A：どうでしたか。
　　　B：おいしくありませんでした。
　　　A：そうですか…。

おすし屋さんへ行く

4．海へ行く

5．ダンスを見る

6．バスケットボールをする

164

文型 5

少し疲れましたが、楽しかったです。
<small>すこ　つか　　　　　　たの</small>

ホテルの部屋は <small>へや</small> 　静かでした <small>しず</small> 　が、　狭かったです <small>せま</small> 　。

1）ワン：私は毎日テレビを見ますが、あまりわかりません。
<small>わたし まいにち　　　 み</small>

2）私の部屋は古いですが、広いです。
<small>わたし へや ふる　　　 ひろ</small>

3）昨日、図書館へ行きましたが、休みでした。
<small>きのう としょかん い　　　　 やす</small>

4）ハワイのパイナップルは新鮮でしたが、高かったです。
<small>しんせん　　　 たか</small>

5）A：先週、日光へ行きました。
<small>せんしゅう にっこう い</small>

　　B：どうでしたか。

　　A：ちょっと遠かったですが、きれいな所でした。
<small>とお　　　　　　　 ところ</small>

練習 b

例のように言いましょう。
<small>れい　　 い</small>

例1）新しい部屋／きれいです／狭いです
<small>れい あたら へや　　　　　 せま</small>

　　A：新しい部屋はどうですか。
<small>あたら へや</small>

　　B：きれいですが、狭いです。
<small>せま</small>

1．学校の食堂／安いです／メニューが少ないです
<small>がっこう しょくどう やす　　　　　　　 すく</small>

2．新しいアパート／駅から近いです／ちょっとうるさいです
<small>あたら　　　　 えき ちか</small>

例2）ハワイのホテル／きれいです／狭いです
<small>れい　　　　　　　　　　　 せま</small>

　　A：ハワイのホテルはどうでしたか。

　　B：きれいでしたが、狭かったです。
<small>せま</small>

3. ハワイの海／きれいです／人が多いです
<ruby>海<rt>うみ</rt></ruby> <ruby>人<rt>ひと</rt></ruby> <ruby>多<rt>おお</rt></ruby>

4. 昨日のパーティー／楽しいです／疲れます
<ruby>昨日<rt>きのう</rt></ruby> <ruby>楽<rt>たの</rt></ruby> <ruby>疲<rt>つか</rt></ruby>

5. 先週のテスト／難しいです／全部書きます
<ruby>先週<rt>せんしゅう</rt></ruby> <ruby>難<rt>むずか</rt></ruby> <ruby>全部<rt>ぜんぶ</rt></ruby> <ruby>書<rt>か</rt></ruby>

文型 6

昼はちょっと暑かったですが、

朝と夜はあまり暑くありませんでした。

を	→	は		へ	→	へは
が	→	は		に	→	には
□	→	は		で	→	では

1) 吉田：アルンさんはよく新聞を読みますか。
  アルン：国の新聞は読みますが、日本の新聞は読みません。

2) 田中：ラフルさんは日本料理が好きですか。
  ラフル：てんぷらは好きですが、おすしやさしみは好きじゃありません。

3) A：よく料理をしますか。
  B：前はよくしましたが、今はあまりしません。

4) A：よく海や山へ行きますか。
  B：海へはよく行きますが、山へは行きません。

5) 原：スポーツをしますか。
  ワン：国ではよくしましたが、日本ではぜんぜんしません。

絵を見て例のように言いましょう。

例)

A：よく新聞を読みますか。

B：国の新聞は読みますが、
　　日本の新聞は読みません。

国の新聞／読みます／日本の新聞／読みません

よくお酒を飲みますか。

1．ビール／飲みます／日本酒／飲みません

よく新宿や渋谷へ行きますか。

2．新宿／行きます／渋谷／行きません

よく映画を見ますか。

3．国／見ました／日本／見ません

本文2

安くておいしかったです。

伊藤記者：食べ物はどうでしたか。

女の人：おいしかったです。

伊藤記者：何がおいしかったですか。

女の人：パイナップルが安くておいしかったです。

男の人：魚も新鮮でおいしかったです。

　　　　肉はあまり食べませんでしたが、魚はたくさん食べました。

伊藤記者：おみやげを買いましたか。

女の人：はい、チョコレートを買いました。

男の人：Tシャツも買いました。

伊藤記者：どうもありがとうございました。

　　　　成田空港から報告しました。

文型 7

パイナップルは安(やす)くておいしかったです。

パイナップルは | 新鮮(しんせん)でおいしかったです | 。

1）駅前(えきまえ)のスーパーは新(あたら)しくて大(おお)きいです。

2）成田空港(なりたくうこう)は遠(とお)くて不便(ふべん)です。

3）（マリーの部屋(へや)で）

　　リー：マリーさんの部屋(へや)は、駅(えき)から近(ちか)くて便利(べんり)ですね。

　　マリー：ええ。リーさんの部屋(へや)はどんな部屋(へや)ですか。

　　リー：私(わたし)の部屋(へや)は静(しず)かで広(ひろ)いです。

4）A：先週(せんしゅう)、江ノ島(えのしま)へ行(い)きました。

　　B：江ノ島(えのしま)ですか。どうでしたか。

　　A：海(うみ)が青(あお)くてきれいでしたよ。

5）A：昨日(きのう)の夜(よる)のパーティー、どうでしたか。

　　B：にぎやかで楽(たの)しかったですよ。

練習 d

例のように言(い)いましょう。

例1）学校(がっこう)の食堂(しょくどう)／安(やす)いです／おいしいです

　　A：学校(がっこう)の食堂(しょくどう)はどうですか。

　　B：安(やす)くておいしいです。

1．新(あたら)しい学校(がっこう)／駅(えき)から遠(とお)いです／不便(ふべん)です

2．新(あたら)しいアパート／きれいです／広(ひろ)いです

例2) ハワイのパイナップル／安いです／おいしいです

　　A：ハワイのパイナップルはどうでしたか。

　　B：安くておいしかったです。

3. 昨日のパーティー／人が少ないです／あまり楽しくありません

4. ハワイのホテル／静かです／きれいです

魚も新鮮でおいしかったです。

は	→	も		へ	→	へも
を	→	も		に	→	にも
が	→	も		で	→	でも
☐	→	も				

1) A：その花は何ですか。

　　B：これはハイビスカスです。

　　A：それもハイビスカスですか。

　　B：ええ、これもハイビスカスです。

2) A：ハワイで何を食べましたか。

　　B：新鮮な魚を食べました。肉も食べました。

　　A：そうですか。どこがよかったですか。

　　B：海がきれいでした。山もとてもよかったです。

3) リー：中国のどこへ行きましたか。

　　幸子：上海へ行きました。それから、北京へも行きました。

4) 　　学生：郵便局はどこにありますか。

　　教務の人：学校の前にあります。駅のそばにもありますよ。

5) A：いつもどこで勉強しますか。

　　B：図書館で勉強します。うちでも勉強します。

練習問題

I 文型1 絵を見て例のように書きなさい。
え　み　れい　　　　　　か

例 1)　<u>　8時間　</u>　寝ました。
はち　じ　かん　　　　ね

1. ＿＿＿＿＿＿＿＿学校で勉強しました。
がっこう　べんきょう

2. ＿＿＿＿＿＿＿＿テニスをしました。

3. ＿＿＿＿＿＿＿＿テレビを見ました。
み

例 2)　<u>　1週間　</u>
いっしゅうかん

ハワイにいました。

4. ＿＿＿＿＿＿＿＿＿＿

日本にいました。
にほん

5. ＿＿＿＿＿＿＿＿＿＿日本語を勉強しました。
にほん　ご　　べんきょう

例のように □ の中から言葉を選んで、書きなさい。
れい　　　　　　　　　　なか　　ことば　えら　　　　か

┌─────────────────────────────────────┐
│　　いつ　　誰　　どこ　　何　　どのぐらい　　│
│　　　　　　だれ　　　　なに　　　　　　　　　│
└─────────────────────────────────────┘

┌─────────────────────────────────────┐
│　例　A：＿＿いつ＿＿日本に来ましたか。　　　　│
│　　　　　　　　　にほん　き　　　　　　　　　│
│　　　B：去年の１０月です。　　　　　　　　　│
│　　　　　きょねん　じゅうがつ　　　　　　　　│
└─────────────────────────────────────┘

１．A：＿＿＿＿＿＿＿＿＿＿日本語を勉強しましたか。
　　　　　　　　　　　　　にほんご　べんきょう

　　B：半年ぐらいです。
　　　　はんとし

２．A：教室の前に＿＿＿＿＿＿＿＿＿がいますか。
　　　　きょうしつ　まえ

　　B：ワンさんがいます。

３．A：いつも＿＿＿＿＿＿＿＿＿で昼ごはんを食べますか。
　　　　　　　　　　　　　　　ひる　　　　た

　　B：学校の食堂で食べます。
　　　　がっこう　しょくどう　た

４．A：かばんの中に＿＿＿＿＿＿＿＿＿がありますか。
　　　　　　　なか

　　B：財布や携帯などがあります。
　　　　さいふ　けいたい

例のように □ の中から言葉を選んで、適当な形にして
れい　　　　　　　　　　なか　　ことば　えら　　　　てきとう　かたち
書きなさい。
か

┌─────────────────────────────────────┐
│　きれいです　　明るいです　　古いです　　いいです　│
│　　　　　　　あか　　　　　ふる　　　　　　　　　│
│　楽しいです　　大変です　　上手です　　休みです　　│
│　たの　　　　たいへん　　じょうず　　やす　　　　　│
└─────────────────────────────────────┘

172

例
1）A：山の上公園はどうでしたか。
<small>やま うえこうえん</small>

　　B：とても　きれいでした。

2）A：新しい部屋はどうですか。
<small>あたら　　へや</small>

　　B：　明るいです。
<small>あか</small>

1. A：旅行はどうでしたか。
<small>りょこう</small>

　 B：＿＿＿＿＿＿＿＿＿＿＿＿＿＿＿＿＿

　 A：天気はどうでしたか。
<small>てんき</small>

　 B：＿＿＿＿＿＿＿＿＿＿＿＿＿＿＿＿＿

2. 山田：日本語の授業はどうですか。
<small>やまだ　にほんご　じゅぎょう</small>

　 チン：＿＿＿＿＿＿＿＿＿＿＿＿＿＿＿＿

　 山田：そうですか…。
<small>やまだ</small>

　 チン：でも、学校は楽しいです。
<small>がっこう　たの</small>

3. A：昨日、学校へ行きましたか。
<small>きのう　がっこう　い</small>

　 B：いいえ。昨日は＿＿＿＿＿＿＿＿＿＿＿＿＿
<small>きのう</small>

Ⅳ 文型5　例のように ◯ の中から言葉を選んで、適当な形にして書
<small>れい　　　　　　　　なか　　ことば　えら　　　　てきとう　かたち　　か</small>
　　きなさい。

| 古いです　　安いです　　　おいしいです　　　新しいです |
| <small>ふる　　　　　やす　　　　　　　　　　　　　　あたら</small> |

例　私の部屋は　古いです　が、広いです。
<small>わたし　へや　　　ふる　　　　　　ひろ</small>

1. 学校の食堂は＿＿＿＿＿＿＿が、あまりおいしくありません。

2. 学生会館は＿＿＿＿＿＿＿が、駅から遠いです。

3. ホテルのレストランは＿＿＿＿＿＿＿が、高かったです。

Ⅴ 文型6　例のように正しい順番に並べかえなさい。

> 例　上／本／あります／の／に／が
>
> →机＿＿の上に本があります。＿＿＿

1. 飲みません／吸います／お酒／あまり／は／は／が

   →たばこ＿＿＿＿＿＿＿＿＿＿＿＿＿＿＿＿＿＿

2. 書きません／します／手紙／ぜんぜん／は／は／が

   →電話＿＿＿＿＿＿＿＿＿＿＿＿＿＿＿＿＿＿＿

Ⅵ 文型7　例のように ▢ の中から言葉を2つ選んで、適当な形にして書きなさい。

| にぎやかです | 楽しいです | 遠いです | 広いです |
| 新鮮です | 不便です | おいしいです | きれいです |

> 例　昨日のパーティーは＿にぎやかで＿＿楽しかったです。＿＿

174

私は夏休みにハワイへ行きました。

ハワイのホテルは、空港から＿＿＿＿＿＿＿＿＿＿ ＿＿＿＿＿＿＿＿＿＿＿＿＿。

でも、ホテルの部屋は＿＿＿＿＿＿＿＿＿＿ ＿＿＿＿＿＿＿＿＿＿＿。

夜、ホテルのレストランで魚を食べました。

魚は＿＿＿＿＿＿＿＿＿＿ ＿＿＿＿＿＿＿＿＿＿

VII 文型8 例のように文を完成させなさい。

例 A：朝、何を食べますか。

B：〔パン　食べる〕。　〔果物　食べる〕。

→ パンを食べます。果物も食べます。

---

1. A：いつもどこで勉強しますか。

B：〔学校　勉強する〕。　〔うち　勉強する〕。

→＿＿＿＿＿＿＿＿＿＿＿＿＿＿＿＿＿＿＿＿

2. A：昨日、買い物をしましたか。

B：はい。〔スーパー　パン　買う〕。　〔アイスクリーム　買う〕。

→はい。＿＿＿＿＿＿＿＿＿＿＿＿＿＿＿＿＿

＿＿＿＿＿＿＿＿＿＿＿＿＿＿＿＿＿＿＿＿

説明をよく聞いてください。
せつめい　　　　　き

単語
たんご

1.	ファッション		流行，時尚
2.	コンピューター		電腦
3.	これから		以後，今後
4.	せつめい	説明	説明，解釋
5.	よく（聞いてください） き		（請）好好地（聽）
6.	がくせいしょう	学生証	學生證
7.	もっていく	持って行く	帶去
8.	それから［追加］ ついか		然後［追加］
9.	こえ	声	聲音
10.	はなす	話す	講，説
11.	のみもの	飲み物	飲料
12.	（かばんに）いれる	入れる	放入（提包裡）
13.	もつ	持つ	持有，攜帶
14.	よぶ	呼ぶ	呼叫，呼喚
15.	しぬ	死ぬ	死
16.	さわぐ	騒ぐ	喧嘩，吵鬧
17.	もういちど	もう一度	再一次
18.	いう	言う	説

19. てつだう	手伝う	幫忙
20. さとう	砂糖	砂糖
21. （砂糖を）とる	取る	拿（砂糖），取
22. しゃしん	写真	照片
23. （写真を）とる	撮る	拍（照片）
24. おくれる	遅れる	遲到
25. およぐ	泳ぐ	遊泳
26. （テストの）とき	時	（考試的）時候
27. つかう	使う	使用
28. シャワー		淋浴
29. あける	開ける	打開（門、窗等）
30. すわる	座る	坐
31. ざっし	雑誌	雜誌
32. ほうかご	放課後	放學後
33. としょかんいん	図書館員	圖書館員
34. さがす	探す	尋找
35. （さがし）かた	方	～（尋找的）方法
36. せつめいする	説明する	說明，解釋
37. まず		首先
38. （名前を）いれる	入れる	輸入（名字），放入，放進
39. おす	押す	按，推
40. ほんだな	本棚	書架

41. おねがいする	お願いする	拜託
42. おしえる	教える	教，教授
43. コピーき	コピー機	影印機
44. つくる	作る	製作
45. あんしょうばんごう	暗証番号	密碼
46. きんがく	金額	金額
47. プリント		印刷
48. おく	置く	放置
49. ふた		蓋子
50. （ふたを）する		蓋上（蓋子）
51. ボタン（を押す）		（按）按鈕
52. せんたくもの	洗濯物	要洗的衣服
53. せんざい	洗剤	洗衣劑，清潔劑
54. ふろ／おふろ	（お）風呂	浴室
55. （お風呂に）はいる	入る	洗澡
56. ハンドバッグ		手提包
57. いっしょに		一起
58. ちず	地図	地圖
59. カウンター		櫃檯
60. なにか	何か	什麼，某事物
61. きもの	着物	和服
62. きそく	規則	規則
63. かえってくる	帰って来る	回來

64.	もんげん	門限	回限，門禁
65.	どこか		哪裡
66.	おもしろい		有趣
67.	よこはま	横浜	横濱（地名）
68.	ゲーム		遊戲
69.	ゲーム（を）する		玩（遊戲）

【いろいろな表現】
ひょうげん

1.	みなさん、	大家，各位
2.	ここはちょっと…。	這裡有點……。
3.	お願いします。 ねが	拜託您了。

本文 1

説明をよく聞いてください。
　　せつめい　　　　き

(教室で)
きょうしつ

先生：みなさんはよく本を読みますか。
せんせい　　　　　　　　ほん　よ

学生：はい。
がくせい

先生：どんな本を読みますか。
せんせい　　　　ほん　よ

ワン：私はファッションの本をよく読みます。
　　　わたし　　　　　　　　　ほん　　　よ

ラフル：私はコンピューターの本を読みます。
　　　　わたし　　　　　　　　　　　ほん　よ

先生：そうですか。今日は、これから学校の図書館へ行きます。
せんせい　　　　　　　きょう　　　　　　　　がっこう　としょかん　い

　　　図書館の人の説明をよく聞いてください。
　　　としょかん　ひと　せつめい　　　き

学生：はい。
がくせい

先生：みなさん、学生証を持って行ってください。
せんせい　　　　　がくせいしょう　も　　い

　　　それから、図書館の中で、大きい声で話してはいけません。
　　　　　　　　としょかん　なか　おお　　こえ　はな

学生：はい。
がくせい

ワン：あのう、飲み物を持って行ってもいいですか。
　　　　　　の　もの　も　　い

先生：ええ、いいですよ。でも、かばんの中に入れてください。
せんせい　　　　　　　　　　　　　　　　なか　い

文型 Ⅰ

動詞　て形
どうし　けい

グループ1

~う ⎤
~つ ⎬ →　~って
~る ⎦

かう　→　かって
もつ　→　もって
かえる　→　かえって

~ぶ ⎤
~む ⎬ →　~んで
~ぬ ⎦

よぶ　→　よんで
のむ　→　のんで
しぬ　→　しんで

~す　→　~して

はなす　→　はなして

~く　→　~いて

きく　→　きいて
※いく　→　いって

~ぐ　→　~いで

さわぐ　→　さわいで

グループ2

~る　→　~て

みる　→　みて
たべる　→　たべて

グループ3

くる　→　きて
する　→　して

よく聞いてください。

1）先生：ラフルさん、教科書を読んでください。

2）警察官：ここに住所と名前と電話番号を書いてください。

　　ラフル：はい。

3）学生：先生、すみません、もう一度言ってください。

4）A：すみません、消しゴムを貸してください。

　　B：はい、どうぞ。

練習 a

絵を見て例のように言いましょう。

例）すみません、<u>名前を書いてください</u>。

名前を書く

1．手伝う

2．ボールペンを貸す

3．砂糖を取る

4．写真を撮る

文型 3

大きい声で話してはいけません。
（おお）（こえ）（はな）

1）先生：教室でたばこを吸ってはいけません。
　（せんせい）（きょうしつ）　　　　（す）

2）（教室で）
　　（きょうしつ）

　　先生：テストは9時からです。遅れてはいけません。
　　（せんせい）　　　　（くじ）　　　　　（おく）

3）ここで泳いではいけません。
　　　　　（およ）

練習 b

絵を見て例のように言いましょう。
（え）（み）（れい）　　（い）

例）図書館でたばこを吸ってはいけません。
（れい）（としょかん）　　　　（す）

図書館でたばこを吸う
（としょかん）　　（す）

1．図書館で飲み物を飲む
　（としょかん）（の）（もの）（の）

2．テストの時、話す
　　　　　（とき）（はな）

3．夜、騒ぐ
　（よる）（さわ）

4．ここで写真を撮る
　　　　（しゃしん）（と）

5．ここで携帯電話を使う
　　　　（けいたいでんわ）（つか）

183

文型 4

<u>飲み物を持って行ってもいいですか。</u>
（の）（もの）（も）（い）

1）（学生会館で）
（がくせいかいかん）

学生：朝、シャワーを使ってもいいですか。
（がくせい）（あさ）（つか）

先生：ええ、使ってもいいですよ。
（せんせい）（つか）

2）学生：作文のテストの時、辞書を使ってもいいですか。
（がくせい）（さくぶん）（とき）（じしょ）（つか）

先生：いいえ、使ってはいけません。
（せんせい）（つか）

3）A：窓を開けてもいいですか。
（まど）（あ）

B：ええ、どうぞ。

4）A：ここに座ってもいいですか。
（すわ）

B：あのう、ここはちょっと…。

練習 C

絵を見て例のように言いましょう。
（え）（み）（れい）（い）

例）（図書館で）
（れい）（としょかん）

A：<u>この雑誌を借りてもいいですか。</u>
（ざっし）（か）

B：ええ、いいですよ。

この雑誌を借りる
（ざっし）（か）

1. 教室で昼ごはんを
（きょうしつ）（ひる）
　食べる
　（た）

2. 写真を撮る
（しゃしん）（と）

3. 放課後、学校の
（ほうかご）（がっこう）
　パソコンを使う
　（つか）

本文 2

本の探し方を説明します。
ほん　さが　かた　せつめい

（図書館で）
　としょかん

図書館員：これから本の探し方を説明します。よく聞いてください。
としょかんいん　　　　　　　ほん　さが　かた　せつめい　　　　　　　　き

　　学生：はい。
　　がくせい

図書館員：まず、ここに本の名前を入れて、ここを押してください。
としょかんいん　　　　　　　　　ほん　なまえ　い　　　　　　　　お

　ラフル：すみません、どこを押しますか。
　　　　　　　　　　　　　　　お

図書館員：ここです。
としょかんいん

　ラフル：ああ、わかりました。

　　　　　ありがとうございます。

（本棚の前で）
　ほんだな　まえ

　　キム：ワンさん、本を取りましょうか。
　　　　　　　　　　ほん　と

　　ワン：すみません。お願いします。
　　　　　　　　　　　　　ねが

　　キム：はい、どうぞ。

　　ワン：ありがとうございます。

本の探し方を説明します。
<small>ほん さが かた せつめい</small>

使う <small>つか</small>	使います <small>つか</small>	→	使い方 <small>つか かた</small>
手紙を書きます <small>て がみ か</small>		→	手紙の書き方 <small>て がみ か かた</small>

1）先生：これから、手紙の書き方を説明します。
<small>せんせい て がみ か かた せつめい</small>

2）昨日、コンピューターの使い方を勉強しました。
<small>きのう つか かた べんきょう</small>

3）すみません、この漢字の読み方を教えてください。
<small>かん じ よ かた おし</small>

絵を見て例のように言いましょう。
<small>え み れい い</small>

例）すみません、この漢字の読み方を教えてください。
<small>れい かん じ よ かた おし</small>

この漢字／読む
<small>かん じ よ</small>

1．この漢字／書く
<small>かん じ か</small>

2．コピー機／使う
<small>き つか</small>

3．この料理／作る
<small>りょう り つく</small>

文型 6

本の名前を入れて、ここを押してください。
　ほん　なまえ　い　　　　　　　　　　　お

1）キャッシュカードを入れて、暗証番号を押してください。
　　　　　　　　　　　　　い　　あんしょうばんごう　お

2）映画を見て、晩ごはんを食べて、9時にうちへ帰りました。
　えいが　み　　ばん　　　　　た　　　くじ　　　　　かえ

3）A：昨日、何をしましたか。
　　　　きのう　なに

　　B：図書館へ行って、本を借りました。
　　　　としょかん　い　　ほん　か

練習 e

絵を見て例のように言いましょう。
　え　み　れい　　　　　い

例）まず、キャッシュカードを入れて、暗証番号を押します。
れい　　　　　　　　　　　　　　　　い　　あんしょうばんごう　お

　　それから、金額を押します。
　　　　　　　きんがく　お

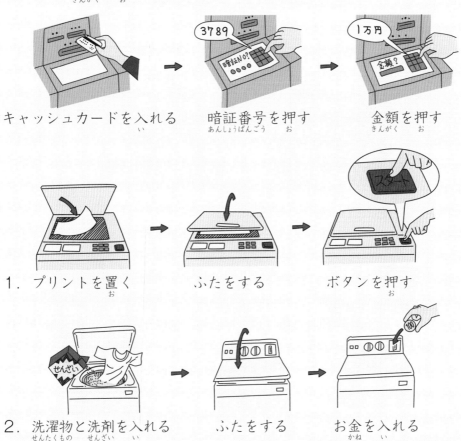

キャッシュカードを入れる　　暗証番号を押す　　金額を押す
　　　　　　　　　　い　　あんしょうばんごう　お　　きんがく　お

1．プリントを置く　　ふたをする　　ボタンを押す
　　　　　　お　　　　　　　　　　　　　　　お

2．洗濯物と洗剤を入れる　　ふたをする　　お金を入れる
　せんたくもの　せんざい　い　　　　　　　　　　かね　い

絵を見て例のように言いましょう。
_え_み_{れい}_い

例）<u>お風呂に入って、10時に寝ました。</u>
_{れい} _{ふろ} _{はい} _{じゅうじ} _ね

お風呂 　　　　　　　　　　　10時
_{ふ ろ} 　　　　　　　　　　　_{じゅうじ}

1. テレビ　　　　　　　晩ごはん
　　　　　　　　　　　　_{ばん}

2. 買い物　　　　　　　うち
　　_か_{もの}

3. 7時　　　　　　新聞　　　　　　会社
　　_{しちじ}　　　　　_{しんぶん}　　　　　_{かいしゃ}

練習 9

絵を見て例のように言いましょう。

例）レストランへ行って、晩ごはんを食べました。

レストラン／晩ごはん

1. 図書館／本

2. うち／手紙

3. デパート／ハンドバッグ

文型 7

本を取りましょうか。

1）A：持ちましょうか。
　 B：すみません。お願いします。

2）A：取りましょうか。
　 B：ありがとうございます。

絵を見て例のように言いましょう。

例）A：持ちましょうか。
　　B：すみません。お願いします。

持つ

1．手伝う

2．取る

3．いっしょに捜す

4．地図をかく

本文3

２４日までに返してください。
にじゅうよっか　　　　かえ

（図書館のカウンターで）
　としょかん

　　ワン：この本をお願いします。
　　　　　　　ほん　　ねが

図書館員：はい。２４日までに返してください。
としょかんいん　　　　にじゅうよっか　　　　かえ

　　ワン：はい、わかりました。

（図書館の前で）
　としょかん　まえ

　　ワン：ラフルさんは何か借りましたか。
　　　　　　　　　　　　なに　か

　ラフル：いいえ、何も借りませんでした。
　　　　　　　　　　なに　か

　　　　　ワンさんは何か借りましたか。
　　　　　　　　　　なに　か

　　ワン：はい、日本の着物の本を借りました。
　　　　　　　　にほん　きもの　ほん　か

　　　　　これです。

　ラフル：ああ、きれいな着物ですね。
　　　　　　　　　　　　きもの

　　ワン：そうですね。

文型 8

２４日までに返してください。

1)（学生会館で）

先生：これから、学生会館の規則を説明します。

門限は１１時です。１１時までに帰って来てください。

2) 学生：すみません、この本を借りてもいいですか。

先生：ええ。でも、来週の月曜日までに返してください。

※ ９時から３時まで学校で勉強をします。（第２課本文１）

文型 9

A：何か借りましたか。

B：｛ はい、着物の本を借りました。

いいえ、何も借りませんでした。

A：昨日、どこかへ行きましたか。

B：｛ はい、渋谷へ行きました。

いいえ、どこへも行きませんでした。

A：財布は（どこかに）ありましたか。

B：｛ はい、うちにありました。

いいえ、どこにもありませんでした。

1) A：朝、何か食べましたか。

B：いいえ、何も食べませんでした。

2) A：日曜日にどこかへ行きますか。

B：はい、友達のうちへ行きます。

3) A：携帯電話はありましたか。

B：いいえ、どこにもありませんでした。

練習 i

例のように言いましょう。

例1）今朝／食べる／サンドイッチ

    A：今朝、 何か 食べましたか。

    B：はい、サンドイッチを食べました。

1. 今朝／食べる／サラダ
2. 土曜日に／行く／原宿

例2）ゆうべ／行く

    A：ゆうべ、 どこかへ 行きましたか。

    B：いいえ、 どこへも 行きませんでした。

3. 日曜日に／行く
4. 昨日、デパートで／買う

練習 j

例のように言いましょう。

例）昨日／公園／サッカーをする／楽しい

    A：昨日、どこかへ行きましたか。

    B：はい、公園へ行って、サッカーをしました。

    A：そうですか。どうでしたか。

    B：とても楽しかったです。

1. 日曜日に／渋谷／映画を見る／おもしろい
2. 昨日の夜／横浜／晩ごはんを食べる／おいしい
3. 土曜日に／友達のうち／ゲームをする／楽しい

☆友達と話しましょう。

練習問題

I 文型1 表を完成させなさい。
ひょう　かんせい

ます形	グループ	辞書形	て形
食べます	2	食べる	食べて
使います			
教えます			
話します			
行きます			
来ます			
泳ぎます			
帰ります			
読みます			
します			
呼びます			
聞きます			
借ります			

194

II 文型2 絵を見て例のように書きなさい。
（え）（み）（れい）　　　（か）

 例　教科書を＿＿読んでください。＿＿
（きょうかしょ）　（よ）

1.

これを＿＿＿＿＿＿＿＿＿＿＿＿＿＿＿＿

2.

ノートに漢字を＿＿＿＿＿＿＿＿＿＿＿＿
（かん　じ）

3.

すみません、消しゴムを＿＿＿＿＿＿＿＿
（け）

＜　図書館で　＞

- 大きい声で話してはいけません。
- お菓子を食べてはいけません。
- 飲み物を飲んではいけません。
- かばんをロッカーに入れてください。
- 本を持って帰ってはいけません。

 たばこを吸ってはいけません。

（　×　）

ロッカー

1.（　　）

2.（　　）

3.（　　）

4.（　　）

Ⅳ 文型4 絵を見て例のように書きなさい。
（え み れい か）

例
A：＿＿この本を借りてもいいですか。＿＿
（ほん か）
B：ええ、いいですよ。

1.

A：＿＿＿＿＿＿＿＿＿＿＿＿＿＿＿＿＿
B：すみません。たばこはちょっと…。

2.

A：＿＿＿＿＿＿＿＿＿＿＿＿＿＿＿＿＿
B：ええ、いいですよ。

Ⅴ 文型5 絵を見て例のように書きなさい。
（え み れい か）

例
（コピー機・使う）
（き つか）
＿＿すみません、コピー機の使い方を＿＿
（き つか かた）
＿＿教えてください。＿＿
（おし）

1.

（この漢字・読む）
（かんじ よ）

＿＿＿＿＿＿＿＿＿＿＿＿＿＿＿＿＿
＿＿＿＿＿＿＿＿＿＿＿＿＿＿＿＿＿

2.

（この料理・作る）
（りょうり つく）

＿＿＿＿＿＿＿＿＿＿＿＿＿＿＿＿＿
＿＿＿＿＿＿＿＿＿＿＿＿＿＿＿＿＿

例　テレビを見て、晩ごはんを食べました。
　　　　（み）　（ばん）　　　　（た）

テレビ　　　　晩ごはん
　　　　　　　　（ばん）

1.
買い物　　　うち
（か）（もの）

_____

_____

2.
お風呂　　　寝る
（ふ）（ろ）　（ね）

_____

_____

3.
郵便局　　　切手
ゆうびんきょく　きって

_____

_____

4.
図書館　　　本
と しょかん　ほん

_____

_____

Ⅶ **文型7** 絵を見て例のように書きなさい。
え み れい か

例 A：<u>持ちましょうか。</u>
も

B：すみません。お願いします。
ねが

1.

A：＿＿＿＿＿＿＿＿＿＿＿＿＿

B：すみません。お願いします。
ねが

2.

A：＿＿＿＿＿＿＿＿＿＿＿＿＿

B：すみません。お願いします。
ねが

Ⅷ **文型8** 正しいものに〇をつけなさい。
ただ

1. 授業は9時10分からです。
じゅぎょう く じ じっぷん

9時10分 { a．まで
く じ じっぷん b．までに } 来てください。
き

2. 文化デパートは8時 { a．まで
ぶん か はち じ b．までに } です。

3. この作文は金曜日 { a．まで
さくぶん きんようび b．までに } 書いてください。
か

4. 先生：明日の授業は12時 { a．まで
せんせい あした じゅぎょう じゅうに じ b．までに } です。

午後は学校の図書館へ行きます。
ご ご がっこう と しょかん い

例のように ◯ の中から言葉を選んで、書きなさい。
れい　　　　　　　　　　なか　　ことば　えら　　　　か

> 何か　　　　何も　　　　どこにも　　　　どこへも　　　　どこかへ
> なに　　　　なに

例　A：朝、＿＿何か＿＿食べましたか。
　　　あさ　　　なに　　　た

　　B：いいえ、＿＿何も＿＿食べませんでした。
　　　　　　　　　なに　　　た

1. A：土曜日に＿＿＿＿＿＿＿＿行きましたか。
　　　どようび　　　　　　　い

　　B：はい、デパートへ行きました。
　　　　　　　　　　い

2. A：デパートで＿＿＿＿＿＿＿＿買いましたか。
　　　　　　　　　　　　　か

　　B：いいえ、＿＿＿＿＿＿＿＿買いませんでした。
　　　　　　　　　　　　　　か

3. A：良子さんはいましたか。
　　　よしこ

　　B：いいえ、＿＿＿＿＿＿＿＿いませんでした。

疑問詞 生活の言葉〜第9課
ぎもんし せいかつ ことば だいきゅうか

| 何 |
| なに |

1. A：何を飲みますか。　（第2課文型1）
　　　なに の　　　　　　　　だいにかぶんけい

　 B：コーヒーを飲みます。
　　　　　　　　　　の

2. A：テーブルの上に何がありますか。　（第5課文型3）
　　　　　　　うえ なに　　　　　　　だいごかぶんけい

　 B：コーヒーがあります。

3. A：箱の中に何がいますか。　（第5課文型3）
　　　はこ なか なに　　　　　　だいごかぶんけい

　 B：猫がいます。
　　　ねこ

| 何 |
| なん |

1. A：何ですか。　（第3課練習a）
　　　なん　　　　だいさんかれんしゅう

　 B：教科書です。
　　　きょうかしょ

| 何〜 |
| なん |

1. A：今、何時ですか。　（生活の言葉4）
　　　いま なんじ　　　　せいかつ ことば

　 B：4時です。
　　　よじ

2. A：授業は何時からですか。　（第1課文型4）
　　　じゅぎょう なんじ　　　　だいいっかぶんけい

　 B：9時からです。
　　　くじ

　 A：何時までですか。
　　　なんじ

　 B：3時までです。
　　　さんじ

3. A：何時に起きますか。　（第2課文型5）
　　　なんじ お　　　　　　だいにかぶんけい

　 B：7時半に起きます。
　　　しちじはん お

4. A：何月ですか。　（生活の言葉4）
　　　なんがつ　　　　せいかつ ことば

　 B：10月です。
　　　じゅうがつ

5. A：何日ですか。　（生活の言葉4）
　　　なんにち　　　　せいかつ ことば

　 B：8日です。
　　　ようか

6. A：テストは何曜日ですか。　（生活の言葉4）
　　　　　　　なんようび　　　　せいかつ ことば

　 B：月曜日です。
　　　げつようび

| いくら |

1. A：ハンバーガーはいくらですか。　（生活の言葉３）

　　 B：２００円です。

| いつ |

1. A：休みはいつですか。　（第１課文型５）

　　 B：土曜日です。

2. A：いつ新聞を読みますか。　（第２課文型５）

　　 B：朝、読みます。

| 誰 |

1. A：誰の教科書ですか。　（第３課文型２）

　　 B：私のです。

2. A：リーさんの隣に誰がいますか。　（第５課文型３）

　　 B：マリーさんがいます。

| どこ |

1. A：どこへ行きますか。　（第２課文型３）

　　 B：学校へ行きます。

2. A：どこで勉強をしますか。　（第２課文型４）

　　 B：学校で勉強をします。

3. A：お手洗いはどこにありますか。　（第５課文型４）

　　 B：あそこです。

| どれ |

1. A：チンさんのかばんはどれですか。　（第４課文型６）

　　 B：その黒いのです。

| どんな |

1. A：どんな映画が好きですか。　（第６課文型４）

　　 B：私はコメディーが好きです。

2. A：どんな財布ですか。　（第７課文型４）

　　 B：黒くて小さい財布です。

| どう | 1. A：天気はどうでしたか。　（第8課文型2）
てんき　　　　　　　　　　だいはち か ぶんけい

B：よかったです。

2. A：新しい部屋はどうですか。　（第8課練習b）
あたら　　へ や　　　　　　　だいはち か れんしゅう

B：きれいですが、狭いです。
せま

| 何か | 1. A：何か借りましたか。　（第9課文型9）
なに　　　なに か　　　　　　　だいきゅう か ぶんけい

B：｛ はい、着物の本を借りました。
きもの ほん か

いいえ、何も借りませんでした。
なに か

| どこか | 1. A：昨日、どこかへ行きましたか。　（第9課文型9）
きのう　　　　　　 い　　　　　　　だいきゅう か ぶんけい

B：｛ はい、渋谷へ行きました。
しぶや い

いいえ、どこへも行きませんでした。
い

2. A：財布はどこかにありましたか。　（第9課文型9）
さい ふ　　　　　　　　　　　　　　だいきゅう か ぶんけい

B：｛ はい、うちにありました。

いいえ、どこにもありませんでした。

| どのぐらい | 1. リー：ワンさんは国でどのぐらい日本語を勉強しましたか。
くに　　　　　　　 にほん ご　　べんきょう

ワン：3か月勉強しました。　（第8課文型1）
げつべんきょう　　　　　　　 だいはち か ぶんけい

問題1　◯◯　の中から言葉を選んで書きなさい。
なか　 ことば　えら　　か

┌─────────────────────────────────┐
　何を　　何が　　誰が　　誰の　　どれ
　なに　　なに　　だれ　　だれ
└─────────────────────────────────┘

1. A：＿＿＿＿＿＿飲みますか。
の

B：コーヒーを飲みます。
の

2. A：この大きいかばんは＿＿＿＿＿＿＿ですか。

　　B：それはチンさんのです。

3. A：教室に＿＿＿＿＿＿＿いますか。

　　B：マリーさんがいます。

4. A：ワンさんの靴は＿＿＿＿＿＿＿ですか。

　　B：その白いのです。

5. A：車の後ろに＿＿＿＿＿＿＿いますか。

　　B：犬がいます。

問題２　◯の中から言葉を選んで書きなさい。

> いつ　　どこに　　どこへ　　何　　どんな

1. A：病院は＿＿＿＿＿＿＿ありますか。

　　B：駅の前にあります。

2. ワン：それは＿＿＿＿＿＿＿ですか。

　　田中：これは納豆です。

3. A：誕生日は＿＿＿＿＿＿＿ですか。

　　B：９月１０日です。

4. A：＿＿＿＿＿＿＿行きますか。

　　B：銀行へ行きます。

5．A：スポーツをしますか。

　　B：はい、よくします。

　　A：＿＿＿＿＿＿＿スポーツをしますか。

　　B：サッカーをします。

問題3　＿＿＿＿に疑問詞を書きなさい。
<ruby>疑問詞<rt>ぎもんし</rt></ruby> <ruby>書<rt>か</rt></ruby>

1．A：<ruby>国<rt>くに</rt></ruby>で＿＿＿＿＿＿＿<ruby>日本語<rt>にほんご</rt></ruby>を<ruby>勉強<rt>べんきょう</rt></ruby>しましたか。

　　B：<ruby>半年<rt>はんとし</rt></ruby>ぐらいです。

2．A：<ruby>今朝<rt>けさ</rt></ruby>、＿＿＿＿＿＿＿<ruby>食<rt>た</rt></ruby>べましたか。

　　B：いいえ、<ruby>何<rt>なに</rt></ruby>も<ruby>食<rt>た</rt></ruby>べませんでした。

3．A：<ruby>昨日<rt>きのう</rt></ruby>、＿＿＿＿＿＿＿へ<ruby>行<rt>い</rt></ruby>きましたか。

　　B：はい、<ruby>渋谷<rt>しぶや</rt></ruby>へ<ruby>映画<rt>えいが</rt></ruby>を<ruby>見<rt>み</rt></ruby>に<ruby>行<rt>い</rt></ruby>きました。

助詞 第１課〜第９課
じょ し　だいいっ か　だいきゅう か

は

1. 私はワン・シューミンです。　（第１課文型１）
　わたし　　　　　　　　　　　　　　だいいっ か ぶんけい

2. 映画館では見ません。　（第６課文型５）
　えい が かん　　み　　　　　だいろっ か ぶんけい

3. 昼は暑かったですが、夜は涼しかったです。　（第８課文型６）
　ひる　あつ　　　　　　　　　よる　すず　　　　　　　　だいはち か ぶんけい

の

1. 音楽大学の学生です。　（第１課文型３）
　おんがくだいがく　がくせい　　　　だいいっ か ぶんけい

2. 私の教科書です。　（第３課文型２）
　わたし　きょう か しょ　　　　だいさん か ぶんけい

3. それは私のです。　（第３課文型２）
　　　　　わたし　　　　　　だいさん か ぶんけい

4. その黒いのです。　（第４課文型６）
　　　くろ　　　　　　　だいよん か ぶんけい

に

1. ７時半に起きます。　（第２課文型５）
　しち じ はん　お　　　　　だいに か ぶんけい

2. 箱の中に猫がいます。　（第５課文型１）
　はこ　なか　ねこ　　　　　だいご か ぶんけい

3. チンさんに消しゴムを借ります。　（第７課文型６）
　　　　　　け　　　　　か　　　　だいなな か ぶんけい

4. ラフルさんに消しゴムを貸します。　（第７課文型６）
　　　　　　　け　　　　　か　　　だいなな か ぶんけい

で

1. 学校で勉強します。　（第２課文型４）
　がっこう　べんきょう　　　　だいに か ぶんけい

を

1. コーヒーを飲みます。　（第２課文型１）
　　　　　　　の　　　　　だいに か ぶんけい

が

1. 何がありますか。　（第５課文型３）
　なに　　　　　　　　だいご か ぶんけい

2. コメディーが好きです。　（第６課文型３）
　　　　　　　す　　　　　だいろっ か ぶんけい

と

1. 休みは土曜日と日曜日です。　（第１課文型６）
　やす　　どようび　にちよう び　　　だいいっ か ぶんけい

| へ |

1. 学校<u>へ</u>行きます。 （第2課文型3）
   がっこう い　　　　　　　だいに か ぶんけい

| も |

1. これは私のです。それ<u>も</u>私のです。 （第3課文型4）
   わたし　　　　　　わたし　　　　　だいさん か ぶんけい

| や |

1. スーパー<u>や</u>コンビニがあります。 （第5課文型2）
   だい ご か ぶんけい

| か |

1. ビール<u>か</u>ワインを飲みます。 （第6課文型2）
   の　　　　　　だいろっ か ぶんけい

| から | まで |

1. 銀行は9時<u>から</u>3時<u>まで</u>です。 （第1課文型4）
   ぎんこう く じ　　　　さん じ　　　　　だいいっ か ぶんけい

2. 東京<u>から</u>ハワイ<u>まで</u>何時間ぐらいですか。 （第8課文型1-3）
   とうきょう　　　　　　　　　なん じ かん　　　　　　　だいはち か ぶんけい

問題1　_____にひらがなを1つ書きなさい。
　　　　　　　　　　　　　　　　　　　ひと　か

1. A：これはキムさん_____ノートですか。

   B：はい、私_____です。
   　　　わたし

2. 今朝、7時半_____起きて、パン_____果物_____食べました。
   け さ しち じ はん　　　　お　　　　　　　　　くだもの　　　　　　た

3. 　チン：マリーさん_____傘はどれですか。
   　　　　　　　　　　　　かさ

   マリー：その赤い_____です。
   　　　　　　あか

4. A：学校のそば_____何_____ありますか。
   　　がっこう　　　　　なに

   B：公園_____図書館などがあります。
   　　こうえん　　と しょかん

5. 私はコーヒーが好きです。紅茶_____好きです。
   わたし　　　　　　　す　　　　こうちゃ　　　　　　す

6. A：このバスは新宿へ行きますか。

　　B：いいえ、新宿＿＿＿＿ ＿＿＿＿行きません。池袋＿＿＿＿行きます。

7. ラフル：いいカメラですね。

　　　ワン：ええ。友達＿＿＿＿借りました。

8. 田中：ラフルさんは日本料理＿＿＿＿好きですか。

　　ラフル：てんぷら＿＿＿＿好きですが、おすしやさしみ＿＿＿＿好きじゃありません。

　　　田中：そうですか。

問題２　　＿＿＿＿に「に」か「で」を書きなさい。

1. 先生：教室＿＿＿＿誰かいますか。

　　ワン：はい、キムさんがいます。

2. A：すみません、銀行はどこ＿＿＿＿ありますか。

　　B：駅の前＿＿＿＿ありますよ。

　　A：そうですか。どうもありがとうございます。

3. A：昨日、何をしましたか。

　　B：渋谷＿＿＿＿映画を見ました。

4. この部屋＿＿＿＿たばこを吸ってはいけません。

5. 私はいつも電車の中＿＿＿＿本を読みます。

6.（電話で）
てんわ

　　アルン：もしもし、ワンさん。今、どこですか。
　　　　　　　　　　　　　　　　　　　いま

　　　ワン：今、学校のそばの公園＿＿＿＿絵をかいています。
　　　　　　いま　がっこう　　　　こうえん　　　　　え

7.　先生：図書館の中＿＿＿＿、大きい声で話してはいけません。
　　せんせい　としょかん　なか　　　　　おお　こえ　はな

8.　Ａ：新しいアパートはどうですか。
　　　　あたら

　　　Ｂ：アパートのそば＿＿＿＿スーパーやコンビニなどがあるので、

　　　　とても便利です。
　　　　　　　べんり

文型　第１課〜第９課
ぶんけい　だい いっ か　だい きゅう か

1. い形容詞　と　な形容詞
けいようし　　　　　けいようし

I.　い形容詞＋名詞　　（第４課文型１）
　　けいようし　めいし　　　だいよん か ぶんけい

・広い部屋です。
　ひろ　へ や

2.　な形容詞＋名詞　　（第４課文型１）
　　けいようし　めいし　　　だいよん か ぶんけい

・元気な子供です。
　げん き　こ ども

3.　い形容詞＋い形容詞＋名詞　　（第７課文型４）
　　けいようし　けいようし　めいし　　　だいなな か ぶんけい

・A：どんな財布ですか。
　　　　　　さい ふ

　B：黒くて小さい財布です。
　　　くろ　　ちい　　さい ふ

4.　な形容詞＋な形容詞＋名詞　　（第７課文型４）
　　けいようし　けいようし　めいし　　　だいなな か ぶんけい

・静かできれいな店です。
　しず　　　　　　　　みせ

5.　い形容詞＋い形容詞　　（第８課文型７）
　　けいようし　けいようし　　　だいはち か ぶんけい

・パイナップルは安くておいしかったです。
　　　　　　　　　　やす

6.　な形容詞＋な形容詞　　（第８課文型７）
　　けいようし　けいようし　　　だいはち か ぶんけい

・ホテルの部屋は静かできれいでした。
　　　　へ や　しず

問 題 1　　（　　）の言葉を適当な形にして書きなさい。
　　　　　　　　ことば　てきとう　かたち　　か

I.　リー：この写真、マリーさんの部屋ですか。
　　　　　しゃしん　　　　　　　　へ や

　　_____部屋ですね。
　　　　　　　　　　　へ や

　　（きれい）

マリー：ありがとうございます。

2．昨日のパーティーは＿＿＿＿＿＿＿＿＿楽しかったです。
　　　きのう　　　　　　　　　　　　　　　　　　　　　たの
　　　　　　　　　　　　（にぎやか）

3．A：あのう、電車の中にかばんを忘れました。
　　　　　　　　てんしゃ　なか　　　　　　わす

　　B：どんなかばんですか。

　　A：＿＿＿＿＿＿＿＿＿大きいかばんです。
　　　　　　　　　　　　　　　　おお
　　　　　（黒い）
　　　　　　くろ

2．て形（動詞）
　　　　けい　　どうし

1．｜～てください。｜　（第9課文型2）
　　　　　　　　　　　　だいきゅう か ぶんけい

　・教科書を読んでください。
　　きょうかしょ　よ

2．｜～てはいけません。｜　（第9課文型3）
　　　　　　　　　　　　　　だいきゅう か ぶんけい

　・教室でたばこを吸ってはいけません。
　　きょうしつ　　　　　　す

3．｜～てもいいですか。｜　（第9課文型4）
　　　　　　　　　　　　　だいきゅう か ぶんけい

　・A：窓を開けてもいいですか。
　　　　まど　あ

　　B：ええ、どうぞ。

4．｜～て、＿＿＿＿。｜　（第9課文型6）
　　　　　　　　　　　だいきゅう か ぶんけい

　・キャッシュカードを入れて、暗証番号を押してください。
　　　　　　　　　　　　い　　　あんしょうばんごう　お

　・A：昨日、何をしましたか。
　　　　きのう　なに

　　B：図書館へ行って、本を借りました。
　　　　としょかん　い　　ほん　か

て形を使う文型1.～4.を使って書きなさい。
　　　　　　けい　つか　ぶんけい　　　　　つか　　か

1. 学生：放課後、パソコン教室を＿＿＿＿＿＿＿＿＿＿＿＿＿＿
　　がくせい　ほうかご　　　　　きょうしつ
　　　　　　　　　　　　　　　　　　　　　（使う）
　　　　　　　　　　　　　　　　　　　　　　　つか

　　先生：ええ、いいですよ。
　　せんせい

2. A：すみません、ボールペンを＿＿＿＿＿＿＿＿＿＿＿＿＿＿
　　　　　　　　　　　　　　　　　　　　　（貸す）
　　　　　　　　　　　　　　　　　　　　　　か

　　B：はい、どうぞ。

3. A：日曜日に何をしましたか。
　　　　にちようび　なに

　　B：渋谷へ＿＿＿＿＿＿＿＿＿＿＿、映画を見ました。
　　　　しぶや　　　　　　　　　　えいが　み
　　　　　　　（行く）
　　　　　　　　い

4. 先生：これから図書館へ行きます。図書館の中で、
　　せんせい　　　　　としょかん　い　　　としょかん　なか

　　　　大きい声で＿＿＿＿＿＿＿＿＿＿＿＿＿＿＿＿＿＿＿
　　　　おお　こえ
　　　　　　　　　　　　　　　　　　　（話す）
　　　　　　　　　　　　　　　　　　　　はな

3. ます形（動詞）
　　　　けい　どうし

1. ┌─────┐
　 │ ～方 │（第9課文型5）
　 │　かた │ だいきゅうかぶんけい
　 └─────┘
　・すみません、この漢字の読み方を教えてください。
　　　　　　　　　かんじ　よ　かた　おし

2. ┌──────────┐
　 │ ～ましょうか。│（第9課文型7）
　 └──────────┘ だいきゅうかぶんけい
　・A：手伝いましょうか。
　　　　てつだ

　　B：ありがとうございます。

問題 3　ます形を使う文型１.～２.を使って書きなさい。
　　　　　　けい　つか　ぶんけい　　　　つか　か

１. 学生：すみません、この漢字の＿＿＿＿＿＿＿＿＿＿＿を教えてください。
　　がくせい　　　　　　　　　　　かんじ　　　　　　　　　　　　　　おし
　　　　　　　　　　　　　　　　　　　（書く）
　　　　　　　　　　　　　　　　　　　　か

２. A：＿＿＿＿＿＿＿＿＿＿＿
　　　　　　　　（持つ）
　　　　　　　　　も

　　B：お願いします。
　　　　ねが

4. 辞書形（動詞）
　　じ しょけい　どうし

１. | ～のが好きです。 |　（第６課文型７）
　　　　　　す　　　　　　だいろっ か ぶんけい

　・私はサッカーを見るのが好きです。
　　わたし　　　　　　　み　　　す

問題 4　辞書形を使う文型を使って書きなさい。
　　　　　　じ しょけい　つか　ぶんけい　つか　か

１. 　武：良子さんはよくスポーツをしますか。
　　　たけし　よし こ

　　良子：はい。スポーツを＿＿＿＿＿＿＿＿＿が好きです。
　　　よし こ　　　　　　　　　　　　　　　　　　　　　　す
　　　　　　　　　　　　　　（します）

　　　　武さんは？
　　　　たけし

　　　武：私はスポーツを＿＿＿＿＿＿＿＿＿は好きじゃありません。
　　　たけし　わたし　　　　　　　　　　　　　　　　　　す
　　　　　　　　　　　　　（します）

　　　　＿＿＿＿＿＿＿＿＿が好きです。
　　　　　　　　　　　　　　　　す
　　　　　　（見ます）
　　　　　　　み

● 動詞・い形容詞・な形容詞一覧 ●

『文化初級日本語1 改訂版』

課	動詞 グループ1		動詞 グループ2
1			
2	行く 書く 吸う 読む	帰る 聞く 飲む	起きる 食べる 寝る 見る
4			
5	ある		いる
6	(絵を)かく		
7	(財布を)落とす 返す 捜す	買う 貸す わかる	借りる 忘れる
8	いらっしゃる[行く]	終わる	疲れる
9	言う (ボタンを)押す 探す 死ぬ 使う 手伝う (写真を)撮る 話す 持って行く	置く 泳ぐ 騒ぐ 座る 作る (砂糖を)取る (お風呂に)入る 持つ 呼ぶ	開ける (かばんに)入れる (名前を)入れる 遅れる 教える

	形容詞 けいようし		
グループ3	い形容詞 けいようし		な形容詞 けいようし
来る く			
サッカー(を)する 仕事(を)する しごと する テニス(を)する 勉強(を)する べんきょう			
	青い あお 明るい あか 暑い あつ 大きい おお 黄色い き いろ 暗い くら 寒い さむ 狭い せま	小さい ちい 広い ひろ 短い みじか 赤い あか 新しい あたら うるさい かわいい 汚い きたな	黒い くろ 白い しろ 高い たか 長い なが 古い ふる 安い やす	きれい 元気 げんき 静か しず
買い物(を)する か もの スポーツ(を)する 料理(を)する りょう り	おいしい		嫌い きら 好き す 大好き だい す
洗濯(を)する せんたく そうじ(を)する 連絡する れんらく	四角い しかく	丸い まる	上手 じょうず だいじょうぶ
帰国する き こく バスケットボール(を)する 報告する ほうこく 予約する よ やく	いい 楽しい たの 遠い とお	少ない すく 近い ちか 難しい むずか	親切 しんせつ 新鮮 しんせん 大変 たいへん にぎやか 不便 ふ べん 便利 べん り
お願いする ねが 帰って来る かえ く ゲーム(を)する (ふたを)する 説明する せつめい	おもしろい		

助数詞表　期間
じょすうしひょう　きかん

	～時間 じかん	～日（間） にち　かん	～週間 しゅうかん	～か月 げつ	～年 ねん
1	いちじかん	いちにち	いっしゅうかん	いっかげつ	いちねん
2	にじかん	ふつか （かん）	にしゅうかん	にかげつ	にねん
3	さんじかん	みっか （かん）	さんしゅうかん	さんかげつ	さんねん
4	よじかん	よっか （かん）	よんしゅうかん	よんかげつ	よねん
5	ごじかん	いつか （かん）	ごしゅうかん	ごかげつ	ごねん
6	ろくじかん	むいか （かん）	ろくしゅうかん	ろっかげつ はんとし	ろくねん
7	しちじかん ななじかん	なのか （かん）	ななしゅうかん	ななかげつ	しちねん ななねん
8	はちじかん	ようか （かん）	はっしゅうかん	はちかげつ	はちねん
9	くじかん	ここのか （かん）	きゅうしゅうかん	きゅうかげつ	きゅうねん
10	じゅうじかん	とおか （かん）	じっしゅうかん じゅっしゅうかん	じっかげつ じゅっかげつ	じゅうねん
？	なんじかん	なんにち （かん）	なんしゅうかん	なんかげつ	なんねん

いっかげつ＝ひとつき
にかげつ＝ふたつき

● 助数詞表　その他の助数詞①　●
じょすうしひょう　　た　じょすうし

	a.月 がつ	b.時 じ	c.番 ばん	d.円 えん	e.キロ	f.歳 さい
1	いちがつ	いちじ	いちばん	いちえん	いちキロ	いっさい
2	にがつ	にじ	にばん	にえん	にキロ	にさい
3	さんがつ	さんじ	さんばん	さんえん	さんキロ	さんさい
4	しがつ	よじ	よんばん	よえん	よんキロ	よんさい
5	ごがつ	ごじ	ごばん	ごえん	ごキロ	ごさい
6	ろくがつ	ろくじ	ろくばん	ろくえん	ろっキロ	ろくさい
7	しちがつ	しちじ	ななばん	ななえん	しちキロ ななキロ	ななさい
8	はちがつ	はちじ	はちばん	はちえん	はちキロ	はっさい
9	くがつ	くじ	きゅうばん	きゅうえん	きゅうキロ	きゅうさい
10	じゅうがつ	じゅうじ	じゅうばん	じゅうえん	じっキロ じゅっキロ	じっさい じゅっさい
?	なんがつ	なんじ	なんばん	なんえん	なんキロ	なんさい
他の助数詞 ほか　じょすうし		時間目 じかんめ	号 畳 ごう じょう 枚 度 まい ど 名 便 めい びん 錠 じょう ―――――― グラム(g) メートル(m) ミリ(mm)		組 くみ ―――――― パーセント(%) シーシー(cc) キロ(km)	種類 しゅるい 冊 さつ ―――――― センチ(cm) ページ
注 ちゅう					6パーセント ろく 6シーシー ろく	20歳 はたち

● 助数詞表　その他の助数詞②　●
じょすうしひょう　　た　じょすうし

	g. 回 かい	h. 分 ふん	i. 本 ほん	j. 個 こ	つ	k. 人 にん
1	いっかい	いっぷん	いっぽん	いっこ	ひとつ	ひとり
2	にかい	にふん	にほん	にこ	ふたつ	ふたり
3	さんかい	さんぷん	さんぼん	さんこ	みっつ	さんにん
4	よんかい	よんぷん	よんほん	よんこ	よっつ	よにん
5	ごかい	ごふん	ごほん	ごこ	いつつ	ごにん
6	ろっかい	ろっぷん	ろっぽん	ろっこ	むっつ	ろくにん
7	ななかい	ななふん	ななほん	ななこ	ななつ	しちにん ななにん
8	はっかい	はっぷん	はっぽん	はっこ	やっつ	はちにん
9	きゅうかい	きゅうふん	きゅうほん	きゅうこ	ここのつ	きゅうにん
10	じっかい じゅっかい	じっぷん じゅっぷん	じっぽん じゅっぽん	じっこ じゅっこ	とお	じゅうにん
？	なんかい	なんぷん	なんぼん	なんこ	いくつ	なんにん
他の助数詞 ほか　じょすうし	階　校 かい　こう	泊 はく				
注 ちゅう	3階 さんがい					

1.

218

● 文型一覧 ●
ぶんけいいちらん

『文化初級日本語 1 改訂版』
ぶんかしょきゅうにほんご　かいていばん

L：課
か

生活の言葉 せいかつ　ことば	1	あいさつ
	2	数 かず
	3	買い物 か　もの
	4	時間／～月／～日／曜日 じかん　　がつ　　にち　ようび
L 1	1	私はワン・シューミンです。 わたし
	2	・A：ワンさんは学生ですか。　　B：はい、学生です。 　　　　　　　　がくせい　　　　　　　　　　　がくせい ・A：ワンさんは会社員ですか。　　B：いいえ、学生です。 　　　　　　　　かいしゃいん　　　　　　　　　　　　　がくせい
	3	文化音楽大学の学生です。 ぶんか おんがくだいがく　がくせい
	4	・A：授業は何時からですか。　　B：9時10分からです。 　　　　じゅぎょう　なんじ　　　　　　　　　　　くじじっぷん ・A：何時までですか。　　B：2時50分までです。 　　　　なんじ　　　　　　　　　　にじごじっぷん
	5	A：休みはいつですか。　　B：日曜日です。 　　やす　　　　　　　　　　　　にちようび
	6	A：休みはいつですか。　　B：土曜日と日曜日です。 　　やす　　　　　　　　　　　　どようび　にちようび
L 2		動詞 どうし
	1	A：何 を 飲みますか。　　B：コーヒーを飲みます。 　　なに　の　　　　　　　　　　　　　　　　　　の
	2	A：たばこを吸いますか。 　　　　　　　す B：{ はい、吸います。 　　　　　　す 　　いいえ、吸いません。 　　　　　　　　す
	3	A：どこ へ 行きますか。　　B：学校へ行きます。 　　　　　　い　　　　　　　　　　　がっこう　い
	4	A：どこ で 勉強をしますか。　　B：学校で勉強をします。 　　　　　べんきょう　　　　　　　　　　　がっこう べんきょう
	5	・A：何時 に 起きますか。　　B：7時半に起きます。 　　　なんじ　お　　　　　　　　　　　しちじはん　お ・A：いつコーヒーを飲みますか。　　B：朝、飲みます。 　　　　　　　　　　　　の　　　　　　　　　　あさ　の
	6	見ました。　見ませんでした。 み　　　　　み
L 3		物の名前 もの　なまえ
	1	A：ボールペンですか。 B：{ はい、ボールペンです。 　　いいえ、ボールペンじゃありません。シャーペンです。
	2	A：誰の教科書ですか。　　B：私の教科書です。／私のです。 　　だれ きょうかしょ　　　　　　わたし きょうかしょ　　わたし
	3	これ／それ／あれは私の教科書です。 　　　　　　　　　　わたし きょうかしょ
	4	それも私のです。 　　　　わたし

L4		い形容詞 けいようし
		な形容詞 けいようし
	1	<u>広い</u>部屋です。　<u>元気な</u>子供です。 ひろ　へや　　げんき　こども
	2	A：チンさんの部屋は広いですか。 　　　へや　ひろ B：{ はい、<u>広い</u>です。 　　　　　ひろ 　　　いいえ、<u>広く</u>ありません。 　　　　　　　ひろ
	3	A：マリーさんの部屋はきれいですか。 　　　　　　　　　へや B：{ はい、きれい<u>です</u>。 　　　いいえ、きれい<u>じゃありません</u>。
	4	<u>この</u>かばん／<u>その</u>かばん／<u>あの</u>かばんはマリーさんのです。
	5	チンさんのかばんは<u>どれ</u>ですか。
	6	A：チンさんのかばんはどれですか。　　B：その黒い<u>の</u>です。 　　　　　　　　　　　　　　　　　　　　　　くろ
L5		位置を表す言葉 い　ち　あらわ　ことば
	1	テーブルの<u>上に</u>ケーキとコーヒー<u>が</u> あります。 　　　　　うえ 車の後ろに男の子<u>が</u> います。 くるま　うし　おとこ　こ
	2	駅のそばにスーパー<u>や</u>コンビニ（<u>など</u>）があります。 えき
	3	・A：テーブルの上に<u>何が</u> ありますか。　　B：ケーキとコーヒー<u>が</u> あります。 　　　　　　うえ　なに ・A：リーさんの隣に<u>誰が</u> いますか。　　B：マリーさん<u>が</u> います。 　　　　　　となり　だれ ・A：箱の中に<u>何が</u> いますか。　　B：猫<u>が</u> います。 　　はこ　なか　なに　　　　　　　　ねこ
	4	A：お手洗い<u>は</u> <u>どこに</u> ありますか。／<u>どこ</u>ですか。 　　てあら B：お手洗い<u>は</u> <u>あそこに</u> あります。／<u>あそこ</u>です。 　　てあら
L6		A：<u>よく</u>お酒を飲みますか。 　　　　　さけ　の B：{ はい、<u>よく</u>飲み<u>ます</u>。 　　　　　　　　の 　　　いいえ、<u>あまり</u>飲み<u>ません</u>。 　　　　　　　　　　　の 　　　いいえ、<u>ぜんぜん</u>飲み<u>ません</u>。 　　　　　　　　　　　　の
	1	
	2	ビール<u>か</u>ワインを飲みます。 　　　　　　　　の
	3	私<u>は</u>コメディー<u>が</u> 好きです。 わたし　　　　　　　　す
	4	A：<u>どんな</u>映画が好きですか。　　B：私はコメディーが好きです。 　　　　　えいが　　　　　　　　　　わたし　　　　　　す
	5	映画館<u>では</u>見ません。うちで見ます。 えいがかん　　み　　　　　　み
	6	動詞　辞書形 どうし　じしょけい
	7	私はサッカーを見る<u>の</u>が好きです。 わたし　　　　　　み　　　す
L7	1	時の言い方 とき　い　かた
	2	郵便局へ行きました。<u>それから</u>、うちへ帰りました。 ゆうびんきょく　い　　　　　　　　　　　かえ

	3	部屋の中を捜しました。でも、ありませんでした。
	4	A：どんな財布ですか。　B：黒くて小さい財布です。
	5	お金だけです。
	6	チンさんにお金を借ります。　ラフルさんにお金を貸します。
L8	1	A：何日間／どのぐらいですか。　B：１週間です。
	2	A：どうでしたか。 B：〔 楽しかったです。 　　 楽しくありませんでした。
	3	大変でした。　大変じゃありませんでした。
	4	いい天気でした。　いい天気じゃありませんでした。
	5	少し疲れましたが、楽しかったです。
	6	昼はちょっと暑かったですが、朝と夜はあまり暑くありませんでした。
	7	パイナップルは安くておいしかったです。
	8	魚も新鮮でおいしかったです。
L9	1	動詞　て形
	2	よく聞いてください。
	3	大きい声で話してはいけません。
	4	飲み物を持って行ってもいいですか。
	5	本の探し方を説明します。
	6	本の名前を入れて、ここを押してください。
	7	本を取りましょうか。
	8	２４日までに返してください。
	9	・A：何か借りましたか。 　B：〔 はい、着物の本を借りました。 　　　 いいえ、何も借りませんでした。 ・A：昨日、どこかへ行きましたか。 　B：〔 はい、渋谷へ行きました。 　　　 いいえ、どこへも行きませんでした。 ・A：財布は（どこかに）ありましたか。 　B：〔 はい、うちにありました。 　　　 いいえ、どこにもありませんでした。

● 50音索引 ●
おんさくいん

＜索引の見方＞

| 1. 語句 ごく | この索引は『文化初級日本語1 改訂版』の各課で新出語として取り上げた語句（497語）を五十音順に配列したものである。 |

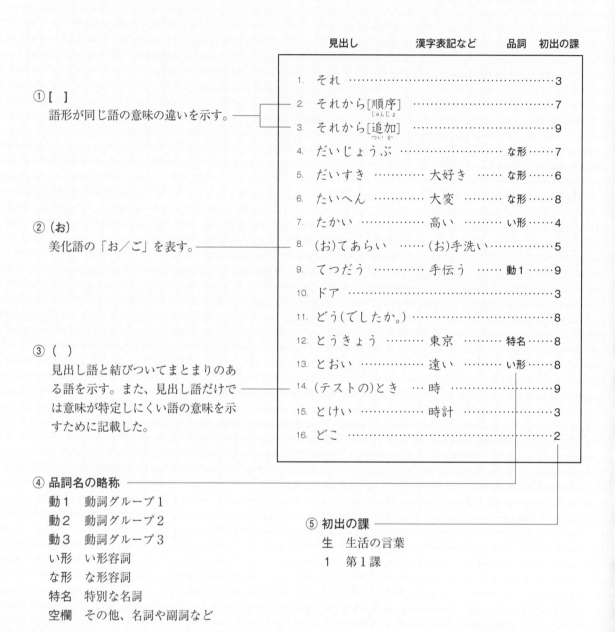

| | 見出し | 漢字表記など | 品詞 | 初出の課 |

① [ ]
語形が同じ語の意味の違いを示す。

② （お）
美化語の「お／ご」を表す。

③ （ ）
見出し語と結びついてまとまりのある語を示す。また、見出し語だけでは意味が特定しにくい語の意味を示すために記載した。

1. それ …………………………………3
2. それから[順序] …………………7 じゅんじょ
3. それから[追加] …………………9 ついか
4. だいじょうぶ ………………… な形……7
5. だいすき ……… 大好き ……… な形……6
6. たいへん ……… 大変 ……… な形……8
7. たかい ……… 高い ……… い形……4
8. （お）てあらい …… （お）手洗い…………5
9. てつだう ……… 手伝う …… 動1……9
10. ドア ……………………………………3
11. どう（でしたか。）……………………8
12. とうきょう ……… 東京 ……… 特名……8
13. とおい ……………… 遠い ……… い形……8
14. （テストの）とき … 時 …………………9
15. とけい ……………… 時計 ……………3
16. どこ ……………………………………2

④ 品詞名の略称
動1 動詞グループ1
動2 動詞グループ2
動3 動詞グループ3
い形 い形容詞
な形 な形容詞
特名 特別な名詞
空欄 その他、名詞や副詞など

⑤ 初出の課
生 生活の言葉
1 第1課

| 2. いろいろな表現 ひょうげん | この索引は、各課で取り上げたいろいろな表現を五十音順に配列したものである。 |

I. 語句

2. いろいろな表現
ひょうげん

國家圖書館出版品預行編目資料

文化初級日本語 / 文化外国語專門学校日本語科編著. --
第 1 版. -- 臺北市：大新，民 103.04-

　　冊；　公分

　　ISBN 978-986-6132-96-4（第 1 冊：精裝）

　　1. 日語 2. 讀本

803.18　　　　　　　　　　　　　　103004586

本書原名一「文化初級日本語 I　テキスト　改訂版（第 1 課〜第 9 課）」

文化初級日本語 1　改訂版

2014 年（民 103）4 月 1 日 第 1 版 第 1 刷 發行
2019 年（民 108）5 月 1 日 第 1 版 第 6 刷 發行

定價 新臺幣 360 元整

編　　著　文化外国語專門学校　日本語科
授　　權　文化外国語專門学校
發 行 人　林 駿 煌
發 行 所　大新書局
地　　址　台北市大安區 (106) 瑞安街 256 巷 16 號
電　　話　(02)2707-3232・2707-3838・2755-2468
傳　　真　(02)2701-1633・郵 撥 帳 號：00173901
法律顧問　統新法律事務所

香港地區　香港聯合書刊物流有限公司
地　　址　香港新界大埔汀麗路 36 號 中華商務印刷大廈 3 字樓
電　　話　(852)2150-2100
傳　　真　(852)2810-4201